Andreas Thomas

Merle

Roman

Umschlagfoto: Andreas Thomas

Dank an Wilfried Schnitzer für seine Übersetzung ins
Deutsche und viele nimmermüde Stunden Arbeit am
Text und
Claire McGrath für ihre absolute Unbestechlichkeit.

Bibliografische Information der Deutschen Nationalbibliothek: Die Deutsche Nationalbibliothek verzeichnet
diese Publikation in der Deutschen Nationalbiographie;
detaillierte bibliografische Daten sind im Internet über
dnb.dnb.de abrufbar.

Herstellung und Verlag: BoD – Books on Demand,
Norderstedt

ISBN: 978-3-7562-1781-6

»To all the girls I've loved before«
(Julio Iglesias)

EINS

»Ich liebe dich«, tönte es in einem Raum.

Draußen standen Reihenhäuser, Bäume und Büsche zwischen Rasenstücken. Sehr lange schon war es staubig dunkelgrün gewesen, bis zum Überdruss grün hinter dem Fenster. An dem Geäst der Bäume und Sträucher hing es, dieses Grün, zerrte es, auf dem Rasen lastete es, und es brachte einen zum Wahnsinn in seiner gleichmacherischen, einschläfernden Agonie, und es war, als würde es immer so bleiben, als habe sich der Spätsommer festgekrallt und wolle nicht vergehen.

Drinnen saß ein junger Mann und seufzte. Sein kleines Zimmer war weder sehr ordentlich noch sehr sauber. Auf dem niedrigen Tischchen vor ihm standen noch die Reste eines Frühstücks, obgleich es bereits Nachmittag war. Jenseits davon, keinen halben Meter entfernt, befand sich ein ungemachtes Bett, zu breit für eine Person, ein bisschen zu schmal für ein Paar. Hinter seinem Rücken stand ein metallenes Kellerregal, das mit Büchern unterschiedlichster Qualität, einer abgegriffenen Schallplattensammlung und einer undurchschaubaren Zusammenstellung musiktechnischer Gerätschaften zugestopft war. Daran lehnte eine übergroße, goldfarbene elektrische Gitarre. Links von ihm füllte den Platz zwischen Tür und Regal ein ramponiertes Klavier, rechts klaffte in der Wandmitte das Fenster. Spärliches Licht fiel durch die ungeputzte Scheibe und ließ das Zimmer im Halbdunkel. In den Ecken der Fensterseite stand rechts eine ausladende Holzkiste, deren Deckel sich nicht schließen ließ, weil sie bis zum Rand mit zerknüllten Kleidungsstücken gefüllt war und links, auf einem zweiten Tischchen, ein kleiner alter Fernseher, über welchem, viermal so groß, an einem ordinären Bindfaden majestätisch eine Dachantenne baumelte: ein Blickfang leicht skurriler Art. Der ganze Raum hatte etwas Zerstreutes, Unentschiedenes und über allem lag eine Patina grauen Staubes.

Mit einem zweiten Seufzer stand Markus auf und begann den Frühstückstisch abzuräumen. Er war ein wenig verliebt. Immerhin genug verliebt, um gelegentlich sein Appartement davon in Kenntnis zu setzen, so wie er es eben getan hatte. Claudia selbst, das Objekt seiner Liebe, hatte er noch nicht eingeweiht, aber er übte bereits dafür. Seit Claudia ihn das erste Mal mit ihren Lippen berührt hatte, stand es nun schon so um ihn: er war ruhelos und unkonzentriert. Eigentlich hatte er nur zum Abschied ihre Wange küssen wollen, doch Claudia hatte ihm plötzlich ihren Mund zugedreht, so dass er nicht mehr rechtzeitig ausweichen konnte. Dieser Kuss hatte nicht länger gedauert als ein Händedruck, und für Claudia schien er auch genauso harmlos zu sein, aber wie aus dem Nichts war in dieser Nacht Markus' Verwirrung gekommen. Er hatte tatsächlich nie zuvor weichere Lippen geküsst, jedenfalls erinnerte er sich nicht daran. Ihre Lippen waren kühl, wie der Abend, unter jener Straßenbeleuchtung, irgendwo an einer Kreuzung, aber so zart, dass er erschrak. Später, mitten in jener Nacht war er aufgewacht, weil sein Herz begonnen hatte zu pochen, und von diesem Zeitpunkt an verbrachte er seine Nächte aufgewühlt, weil er andauernd an sie denken musste, oder er schlief ein und träumte von ihr so wirklich und nervös, dass er wieder erwachte.

Dann hatte sie ihn besucht. Er war so aufgeregt gewesen, dass er es nicht hatte aushalten können, drinnen auf sie zu warten. Es war ein warmer, sonniger Nachmittag und sie bewegte sich neben ihm durch den nahegelegenen Wald, in ihrem jungen Körper, dessen weibliche Attribute sich noch zart und fast jungfräulich hinter ihrer hochgeschlossenen Bluse, in ihrer vorteilhaft konturierenden Stoffhose abzeichneten. Er wäre noch nervöser geworden, hätte er in diesen Augenblicken seinem inneren Überlegen nachgegeben: wie rund ihr Busen sei, wie nachgiebig und gleichzeitig fest ihre runden Schultern, wie warm ihre Arme, wie weich ihr Gesäß, wie flaumig ihre Haut. Markus wäre zu nervös geworden, und so vermied er es, sie allzu oft anzusehen, aber allein ihre sanfte Stimme machte ihn sehnsüchtig und es fiel ihm schwer, dem zu folgen, was sie da erzählte über »chinesische Horoskope«, »Nenntanten« und »Seidenmalerei«. Er war außerstande zu sagen, ob ihn Claudias Themen stärker berührt hätten, wenn sie nicht in Konkurrenz zu Claudias ungetrübter Sinnlichkeit gestanden hätten. Sie sprach unbefangen, offen über ihre Ansichten, sie war anscheinend dabei wenig festgelegt in ihrem Weltbild, war aufgeschlossen für alles ihr Fremde (und offenbar war ihr noch manches fremd), so dass er sie anfangs für ein wenig naiv hielt. Später begriff er, dass es Vorurteilslosigkeit war, was sie dazu bewegte, direkt zu sein, dass es Lebenshunger war, der sie lebendig, und vermutlich ihre wachen Sinne, die sie sinnlich machten.

Markus schlurfte neben ihr her, ohne sich recht konzentrieren zu können, weil ihn der Klang ihrer Stimme, die Betonung, mit der sie sprach, beschränkt machte. Worauf er auch letztlich bei Claudia achtete, am Ende sehnte er sich doch mit Heftigkeit in ihre Arme. So unauffindbar wurde für ihn die Grenze zwischen seiner Leidenschaft für ihren Geist und der für ihren Leib, so verwirrt war er vom Durcheinander, den ihr Charme und ihr Eros bei ihm hinterließen, dass er in diesen Tagen Abwegiges in seinem Tagebuch notierte, wie: »Vielleicht ist Sex Liebe – oder ist Liebe Sex?«

Markus hätte es besser wissen können, stand er doch in seinem zweiunddreißigsten Lebensjahr. Immerhin war ihm mit Dreißig der Gedanke gekommen, dass er bisher kaum etwas Augenfälligeres geleistet hatte, als allmählich zu altern. Das hatte ihn Abendschüler werden lassen. Das Abitur würde ihm erst im übernächsten Jahr abverlangt. Er fragte sich manchmal, ob er Sex und Liebe unterscheiden können musste, um es zu bestehen. Überhaupt dachte Markus ab Dreißig einigermaßen viel nach. So hatte er, am ersten Schulabend, die Frage: »Weshalb gehen Sie auf die Abendschule?«, mit: »Ich will etwas für meinen Kopf machen« beantwortet, was schon recht vielversprechend geklungen hatte. Markus' ernsthaftes Gesicht (das er nur machte, weil ihn die ganze Klasse dauergewellter Frauen anstarrte und ihm das höchst unangenehm war) wirkte entschlossen und intelligent auf Kurt Wolkewitz, seinen Deutschlehrer, der zufrieden grinsend Markus zunickte, als wolle er sagen: »Da sind Sie hier an der richtigen Adresse.«

Seit einem Jahr fuhr Markus nun Abend für Abend auf seinem angerosteten Herrenrad durch eine kleine Universitätsstadt zu seiner Schule, um etwas für seinen Kopf zu machen, nicht ohne allerdings kleine Gewohnheiten, welche er vor der Einschulung gepflegt hatte, beizubehalten. So zum Beispiel liebte Markus das Bier und es verging selten eine Nacht, in der er nicht in geselliger Runde, aber auch allein mehrere Flaschen oder Gläser davon konsumierte. Er trank Bier zuhause, in Kneipen, mit Freunden und in Diskotheken, wie es die »Peripherie« eine war und dort (meistens passierte es dort) trank er manchmal so viel, bis er richtig betrunken war. Das bedeutete nicht, dass er in Straßengräben erwachte (er kam meistens in sein Bett), aber das Biertrinken machte ihn manchmal so krank, dass er am folgenden Tag zu kaum etwas zu gebrauchen war. Während er sich so betrank, verbrachte er einen Gutteil seiner Zeit damit, die in der »Peripherie« anwesenden jungen Frauen anzustarren. Dies war Markus' zweite kleine Angewohnheit.

Für Markus bedeutete das Studium des Weiblichen mehr als das schlichte optische Abtasten leiblicher Verhältnismäßigkeiten. Erst im Wechselspiel mit einem bestimmten Augenpaar geriet für ihn ein sehenswertes Paar Brüste in Hochform, erst ein bestimmtes Lächeln vermochte das es umrahmende Haar zum Schimmern zu erwecken, erst ein dezidiert abgewinkelter kleiner Finger verlieh dem daran befindlichen Arm die Beglaubigung einer darin schlummernden Umarmungsbefähigung. Die Frau war für Markus nicht ein Teil der Welt, sie war eine Welt für sich genommen, eine Welt, welche er nicht müde wurde zu erforschen, auch und gerade ab dem Zeitpunkt, da er entdeckte, dass das wahre Wesen der Frau im Verborgenen blieb, ja dass gerade das Verborgen sein des Weiblichen in sich selbst das Geheimnis war, das aller Weiblichkeit innewohnte. Es konnte, bei so viel Hingabe zum Objekt, nicht ausbleiben, dass Markus auch mit Frauen sprach. Von Natur her eher schüchtern, hatte Markus nicht gerade schnell ein Wort parat, sobald eine der mit einer glücklichen Konstellation obiger Art ausgerüsteten Frauen im Trubel neben ihn geriet; genau gesagt, schwieg er sich in solchen Fällen eher gehörig aus. Je unergründlicher, also je weiblicher, also je schöner ihm eine Frau erschien, desto verschlossener wurde sein Mund, desto unbeteiligter sein Gebaren.

Gaben allerdings jene erwähnten höheren Dosen Bieres ihren Beitrag, mischte sich der Alkohol allmählich in seine Abwägungen und ließ ihm Fünf eine gerade Zahl erscheinen, so fand sich Markus schneller im vertraulichen Gespräch, als er buchstäblich denken konnte – meist mit einer, bei der immerhin der Hintern beträchtlich und der Rest vernachlässigbar war. Dies war dann der Zeitpunkt, an dem Markus sich dem Wollen seines Geschlechts überantwortete, das bei der Verfolgung seines Zieles zwar viel Instinkt besaß, doch wenig distinguiert war. War sein Rausch ein gelungener, hatte er Markus bei rundem Selbstgefühl ereilt, dann reichten Markus' rhetorische und erotische Mittel (entfesselt vom Bier und erhitzt von geschlechtlicher Zielstrebigkeit) im Normalfall aus, jene Frau davon zu überzeugen, ihr Po sei in seinem Bett für die folgende Nacht am besten aufgehoben. Markus besaß das beneidenswerte Talent, höhere ästhetische Ansprüche reibungslos neben niederen triebhaften Regungen hegen und leben zu können, er war ein Meister im Umschalten, im fliegenden Wechsel zwischen Anspruch und Wirklichkeit. »Und schließlich«, sagte er sich dann, wenn sein Geschlecht im Schutz der Dunkelheit zum Zuge kam, »ist dies hier eine *Frau*, was alleine schon für sie spricht!«

Es mag nun der Eindruck entstanden sein, Markus hätte sich häufig und regelmäßig auf flüchtige Bekanntschaften dieser Art eingelassen, das stimmt nur bedingt: Die Häufigkeit verhinderte der Umstand, dass a) Markus sein Geschlecht nur in außerordentlich pressierenden hormonellen Zuständen schalten und walten ließ, b) trafen darüber hinaus jene Zustände nicht immer mit einem runden Selbstgefühl zusammen, oftmals irritierten sie es vielmehr und c) war natürlich nicht immer, wenn die ersten beiden Faktoren gegeben waren, auch sofort die eine Frau mit vernachlässigbaren Körperteilen und ähnlich unterleibsdominierter Einstellung zur Hand, so dass sich Markus höchstens einmal im Vierteljahr gehen ließ, oder vielmehr gehen lassen konnte – dieses allerdings mit annähernd verlässlicher Regelmäßigkeit.

ZWEI

Selten lernte Markus Frauen wie Claudia kennen, die, alles in allem, eher der anderen, der gelungeneren Kategorie seiner Erforschungen zuzurechnen war. Bezeichnenderweise ging auch diese Kontaktaufnahme weniger von Markus aus, denn Claudia unternahm den entscheidenden Schritt selbst.

Es war nicht viel mehr passiert, als dass Markus sich an einem verhältnismäßig unrasierten und dazu nüchternen Abend im Wind eines Tanzflächenventilatoren in der »Peripherie« (wie des Öfteren) überflüssig vorkam, bereits früh gegen zwei Uhr Nachts seinen Nachhauseweg in Betracht zog aber sich jäh getroffen sah von einem Paar hellblauer, ja geradezu himmelblauer Augen, unterstützt durch eben jenen weichen Mund, der lächelte, und hätte man's gedacht, ihn anlächelte. Er, der nicht ganz begriff, was diese jugendliche Vollkommenheit – denn sie mochte die Zwanzig kaum überschritten haben – überhaupt an ihm fände, lächelte angedeutet zurück und brach bald auf – auch weil er fand, dass ihr Begleiter, ein frischer, unverbrauchter, junger Mann, doch wohl, wenn er auch nicht wie ihr Freund erschien, als solcher doch in jeder Hinsicht geeigneter als er, Markus, wirkte. Auf dem Heimweg auf dem Rostrad, dachte er intensiv an sie und nicht nur ihr Lächeln, machte einen Halt, um sich auf einer dunklen Seitenstraße des Stadtrands die Illusion ihrer Intimität zu verschaffen und fuhr dann entspannt die letzten paar hundert Meter bergauf, um sich zuhause illusionsbefreit auf den neuen Tag auszurichten.

In einer späteren Nacht, diesmal rasiert, jedoch angetrunken, kam es zu einer zweiten Begegnung mit der Blonden auf der Tanzflächenbank in der »Peripherie«, und sie sagte, nachdem er, einen Vertrauensvorschuss realisierend, sie irgendwie flapsig begrüßt und angeredet hatte, dass sie tatsächlich auch gekommen sei, in der Hoffnung ihn wiederzusehen. Er, gleichzeitig erschreckt und interessiert an ihrer unkonventionellen Initiative, reizte sie aus, indem er bald betonte, wie alt, trunksüchtig und uninteressant er seinem Charakter nach sei. Das, zu seinem vermischten Entsetzen und Entzücken, hielt sie nicht davon ab, ihm eine Verabredung zu versprechen, eine Verabredung für einen völlig alkoholfreien Spaziergang, auf den er mit dem Argument bestand, ihr dann seine völlige Belanglosigkeit unter Beweis stellen zu können.

Dann rief sie ihn an. Was folgte, war zunächst jedoch nicht der Spaziergang, sondern der Abend in der Stadt, aus Witterungsgründen und mit dem fatal erweckenden Abschluss, diesem verheerenden Kuss, der ihn im Laufe schlafloser Wochen zu einem Nervenwrack gemacht hat.

Aber auch jener nüchterne Spaziergang an der frischen Luft dann überdies endete, als sei Markus' Verwirrung durch Claudias geistig-sinnliche Dialektik nicht schon einhaltgebietend genug gewesen, damit, dass sie ihm einen Mundkuss gab; an der Bushaltestelle dieses Mal, beim Einrollen des Busses, ihn in den Bus entlassend, ihn den restlichen Abend benommen in der Schule hinterlassend, bis zu seiner Rückkehr, spätabends, nachhause in sein kleines Zimmer, wo Zusätzliches von ihr geblieben war: die Mulde, die ihr rundes Gesäß in die Überdecke seines Bettes gedrückt hatte, als sie ihm, die Kaffeetasse in der Hand, dabei zugesehen hatte, wie er auf und ab rannte, um ihr selbstgemalte Bilder zu zeigen, selbstgemachte kleine Musikstücke vorzuführen, alles in Überhastung und ruhelos, nur um einen Eindruck zu machen, auf die, die, wie er nun spät am Abend mit elektrisierter Aufmerksamkeit begreifen musste, einen bleibenden Eindruck zu machen und zu hinterlassen imstande war, wenn sie nur da saß und Kaffee trank.

Seit ungefähr zwei Jahren, seit dem Ende einer gleichermaßen fragwürdigen wie leidenschaftlichen Episode mit einer angehenden Goldschmiedin, war ihm Vergleichbares nicht passiert. Vielleicht, so dachte er, war jetzt die Nachbereitung jenes aus dieser Verbindung rührenden Schmerzes abgeschlossen und Markus endlich wieder bereit und vor allem fähig, sich auf das Abenteuer einer neuen Verliebtheit einzulassen, vielleicht aber hätte er, wann immer, auch nur der einen Kleinigkeit begegnen brauchen, um rettungslos verliebt zu sein: Claudias Lippen.

Manchmal erscheint es vorteilhaft, wenn wir nicht auf alle Fragen, die wir an das Leben stellen, Antworten finden können. Für Markus war dieser Umstand ein geradezu glücklicher, denn er liebte es, seine inneren biochemischen Vorgänge, sobald er verliebt war, mit romantischem Blick zu bestaunen,– und nichts ist einer romantischen Sichtweise abträglicher, als eine zu genaue Kenntnis der einförmigen Beschränktheit, die den Regelmäßigkeiten unserer Gefühle und Handlungsweisen zugrunde liegt.

Er neigte zur Schwärmerei. Er nahm nur zur Kenntnis,

was er zur Kenntnis nehmen wollte und das war manchmal ein bisschen zu wenig, um sich einigermaßen auszukennen in der Topographie eines eigentlich noch überschaubar jungen Lebens, oft zu wenig, um Beziehungen, Verbindungen, Affinitäten im Lageplan seines Selbst auffinden, herstellen, bezeichnen und dazu nutzen zu können, schneller ein Problem zu lokalisieren oder leichter ein Ziel zu erreichen. Markus machte lieber Umwege, und sobald sie sich im Dunstkreis einer Verliebtheit aufnötigten, war es ihm so etwas wie eine heilige Pflicht, sie geduldig zu durchleiden.

Mehr als einmal hatte ihn sein »Idealismus« vermeidbare Verwicklungen geradezu programmieren lassen, hatte er ihn dazu gebracht, für das, was er »Liebe« nannte, quasi als Borderline-Fall neben sich selbst her zu leben und, war jene »Liebe« schließlich vergangen, die für sie offensichtlich vergeudete Zeit und zerschlissenen Nerven nachträglich zu verklären. Man könnte sogar so weit gehen zu behaupten, dass Markus' Logik nicht lautete: »Ich bin verliebt, also bin ich verwirrt«, sondern: »Ich bin verwirrt, also muss ich verliebt sein!«

Sein Verhältnis zu Claudia war ein gutes Beispiel für diesen Mechanismus. Hatten ihre kühlen Lippen ihn für sie entflammen lassen, so hoffte er seitdem, dass ihre dann später situativ heißeren Lippen vielleicht seine Brunst würden löschen können. Nicht endgültig natürlich, aber sie auf ein erträgliches Ausmaß mildern, bis ihr kühler Mund ihn wieder in Wallung brächte, usw. Ein derart simples Regelwerk der Leidenschaft schien ihm hervorragend geeignet, sich als roter Faden durch die Naht einer Verbindung zu ihr zu ziehen, vorausgesetzt, seine Hoffnungen würden erfüllt, vorausgesetzt, ihre heißen Lippen (so sie überhaupt jemals sich erwärmen ließen) verwandelten ihn nicht automatisch bei Berührung in eine verpuffende Stichflamme. Und natürlich war mit dergleichen zu rechnen. Es war kaum mehr mit anzusehen, was Claudias kurze und kühle Küsschen aus Markus machten. Er saß gleichzeitig abwesend und aufgewühlt herum, seinen dunkelblauen Blick nach innen, in das Panorama seiner Empfindungen gekippt, seufzte und stöhnte in regelmäßigen Abständen, machte seinen vier Wänden Liebeserklärungen und sprang, als sei das noch nicht schlimm genug, plötzlich auf, rannte seine sechzehn Quadratmeter wie aufgezogen auf und ab, um obendrein ein schrilles Kreischen hören zu lassen, das kaum mehr etwas Menschliches hatte. Markus kreischte, ehrlich gesagt, wie ein Schwein, das zur Schlachtbank geführt wird und instinktiv um die Finalität seiner Lage weiß. Für ihn selbst aber war dies ein Freudenschrei und seine desolate Verfassung erschien ihm als Zustand höchsten Glücks.

DREI

Die dritte Verabredung mit Claudia war jedoch ungünstig für Markus verlaufen. Diesmal hatte sie ihn erst gegen 23.30 Uhr in der »Peripherie« sehen wollen und Markus, in heilloser Verstörtheit, raste überpünktlich auf seinem alten Rad bergab und quer durch die von niedlichen Häuschen gesäumten Straßen der Stadt, als er plötzlich Claudia erkannte. Sie stand mit demselben jungen Begleiter, den Markus schon einmal mit ihr gesehen hatte, an einem Knotenpunkt des Fußgängerbereichs, der, mit einer Skulptur und einer Rundbank versehen, fast permanent belagert war. Markus hatte Mühe, rechtzeitig zu bremsen, doch noch schwerer fiel ihm, sich auf die Schnelle dem Unvorhergesehenen anzupassen, Claudia nicht allein, an einem ganz anderen Ort und dazu vor der vereinbarten Zeit zu begegnen.

Er hielt an, schob sein Rad zu ihnen hinüber, aber Claudia sah ihn anscheinend gar nicht richtig, rief ihm, als ihr schlingernder Blick ihn endlich erfasst hatte, ein gedehntes »Hallo« hinüber, um sich weiter mit ihrem Bekannten auseinanderzusetzen, wobei es ihr offenbar eher darum ging, eine alkoholinspirierte Stimmung auszuleben, als irgendwelche Wichtigkeiten zu besprechen. So unterbrach sie ihre für Markus, der nervös nebenan herumstand, kaum hörbaren Mitteilungen an ihren jungen Freund abrupt mitten im Satz, um sich stolpernd wildfremden Passanten zuzuwenden und ihnen ein lautes und aufmunterndes »Hallihallo« zuzurufen. Langsam ratlos wurde Markus, als sie auch einen auf der Bank sitzenden Mann mit »Hallo, wie heißt denn du?« begrüßte und ihn in ein Gespräch zu verwickeln begann. Markus musste einen ziemlich erschütterten Eindruck gemacht haben, denn, ohne dass er irgendein Wort über die Lippen bekommen hatte, erklärte ihm Claudias momentan von ihr auch völlig vergessener Begleiter achselzuckend: »Sie hat nur drei Gläschen Batida getrunken, aber sie verträgt eben auch nichts«. Er lächelte, während er sprach, versonnen und verständnisvoll, als sei Claudia etwas so Unvermeidliches und Unausweichliches wie ein Erdbeben, als besäße er allerdings die nötige Geduld, ihre Ausschläge zu ertragen und – Markus spürte es fein, aber deutlich – er lächelte gleichzeitig ein Lächeln der Schadenfreude, darüber, dass es diesmal auch Markus getroffen hatte, von dem er wohl wusste, dass er mit Claudia verabredet war. Markus konnte das alles allerdings nicht sehr freuen. Wer, fragte er sich, hatte sie zum Trinken bewegt, wenn nicht er?

Claudia war immer noch weit davon entfernt, seine Anwesenheit überhaupt wahrzunehmen. Stattdessen verstrickte sie den jungen Mann auf der Rundbank in eine Erörterung der letzten Fragen und Dinge: »...und überhaupt, was hat das alles eigentlich zu bedeuten?«, hörte Markus ihre beinahe noch mädchenhafte Stimme leidenschaftlich sich erheben, »was soll das eigentlich alles? Weißtu, woher du eigentlich kommst?« Der Befragte, von Claudias trunkenem Charme beeindruckt und amüsiert, versuchte gehorsam seinem Wissensstand gemäße Auskünfte zu erteilen:

»Nein, das weiß ich nicht!«

»Soll ich dir mal sagen, woher du in Wirklichkeit kommst?«

»Ja, bitte sag mir, woher ich in Wirklichkeit komme!«

»Du kommst von da drüben und bist dann hierher gekommen!«

Claudia untermalte ihre Beschreibung mit rudernden Armbewegungen, zeigte am Ende auf die Rundbank, guckte ihren Gesprächspartner einen Augenblick sehr belehrend an, um dann in prustendes Gelächter auszubrechen. Markus lächelte zähneknirschend (aber auch das sah Claudia nicht), murmelte ihrem Begleiter zu, dass er nun in die »Peripherie« fahre, und er das Claudia bitte sagen solle und machte dann, dass er wegkam.

War Markus' Nervenkostüm nach dieser Ouvertüre schon einigermaßen affiziert, so wurde es vom weiteren Abend nach und nach in ernstere Mitleidenschaft gezogen. Claudia tauchte ungefähr eine Viertelstunde nach ihm auf, wieder ohne ihn zu suchen oder auch nur zufällig zu finden, der, vorsichtshalber abseits stehend weitere Ernüchterungen erwartete und sich dabei an einer Bierflasche festhielt. Offenbar war Claudia dermaßen betrunken, dass der Tunnel ihres Tunnelblicks nur noch Wahrnehmungen in etwa Stecknadelkopfgröße übrigließ. Was sie allerdings am Ende des Tunnels erblickte (und das waren meistens junge Männer), vermochte sie in jener Überschwänglichkeit zu bewahren, derer sie sich auf der Straße bereits erfreut hatte. Wie ein Falter flatterte und taumelte sie in der »Peripherie« von einem zum anderen, um hier ein Späßchen, da ein Auge zu riskieren, wobei sie, trotz ihres Rausches, übrigens nie wirklich ins Ordinäre geriet, immer eine Form bewahrte, eine Fassung, die sich Markus nur mit ihrer Ursprünglichkeit, die nicht viel auf Koketterie gab, erklären konnte. Bei aller ausgelassenen Tändelei behielt sie für ihn ihre typische Art von Unverstelltheit, die Markus immer noch für sie einnahm. Ohnmächtig und zugleich berührt stand er da im Zwielicht flirrender Diskothekenbeleuchtung, leerte sein Bier schnell, um dem, was sie inszenierte, gewachsen zu sein und bahnte sich seinen Weg zur Theke, um das, was noch kommen würde, mit angetrunkenem Gleichmut empfangen zu können.

Da er bekannt war in der »Peripherie«, kam er stets mit einem Minimalaufwand an Äußerungen zurecht, wollte er ein Bier kaufen. Er stellte sich lediglich eindeutigen Blicks dem Barkeeper gegenüber, der sagte meistens etwas wie: »Herr Doktor, darf es eins sein?« oder auch: »Reicht vorläufig ein Klistier, Chefarzt?«, verwendete also ein Vokabular, als wäre die »Peripherie« ein Krankenhaus und keine Diskothek, und als sei Markus der Leiter dieser Institution, und er wurde nicht müde, diese Mimikry bei jedem Mal wort- und einfallsreich zu variieren. Markus wurde dadurch regelmäßig in sprachlose Erheiterung versetzt, sprachlos, da er in den meisten Fällen zur üblichen Uhrzeit zwar Tiefe und Pegel, aber keine wirkliche Schlagfertigkeit mehr besaß. Er nickte meistens nur grinsend, um in Sekundenschnelle ein frisches Fläschchen bezahlt zu haben und davontragen zu können.

Dieses Mal war Markus vermutlich anzusehen, dass ihm Doktorspielen in jeder Hinsicht fern lag, jedenfalls beschränkte sich Olaf, der Thekenroutinier, heute auf die Frage: »Eins?«, wonach der Ablauf seinen üblichen Gang nahm, und Markus sein Getränk, übrigens fester umklammert denn je, abholte. Dieser Vorgang wiederholte sich noch einige Male, auch häufiger übrigens, als es für Markus typisch war. Markus brauchte heute viel Bier, ohne dass sich seine Stimmung, von außen betrachtet, sehr geändert hätte. Als er glaubte, innerlich genügend gepolstert zu sein, um eine Konfrontation mit Claudia zu wagen, änderte Markus seine Position, um sich ihr doch noch einmal zu zeigen. Er verließ den Winkel im zwielichtigen Abseits und kam nah zur Tanzfläche, die sie sich inzwischen als eine Art Terrain erschlossen hatte und die sie auf ihre sprunghafte Weise mehr oder weniger beherrschte.

Diskotheken brauchen Paradiesvögel, sie leben von exaltierten Gestalten. Exaltierte, exzessive und sei es nur lebensbejahend angetrunkene Gäste sind gelegentlich in der Lage, den Rest der Umstehenden aus ihrer Lethargie ins Leben zu rufen, aus der Reserve zu locken und selbst Einblicke in ihre Psyche gewähren zu lassen, was nicht immer von Vorteil, aber gelegentlich erfreulicher ist, als ein Stunde um Stunde dumpf vor sich hin brütendes, reglos glotzendes Publikum, wie man es in der »Peripherie« nicht selten vorfand. Claudia nun war in diesem Moment solch ein Katalysator, sie erweckte und unterhielt zumindest die Männer, für die sie sich interessierte und die sich für sie interessierten und – Markus nahm es hin, wie ein geschlagener Hund – es waren wirklich nicht wenige.

Da berührte ihn etwas am Rücken und ahnend durchfuhr ihn ein Schauer: sie war es, oder eigentlich ihr Finger war es, was schon reichte.

»Hallooo«, rief sie ihm aus nächster Nähe in sein Ohr,

so dass es augenblicklich begann zu pfeifen. Schwankend und besorgt sah sie ihm in die Augen, »Es tut mir leid, ich habe nur zwei Batida getrunken, aber ich vertrage einfach nichts, weißtu, es tut mir alles schrecklich Leid!« Markus musste ihre Schulter stützen, damit sie nicht auf ihn kippte. »Ich mache bestimmt einen ganz schlechten Eindruck auf Dich, das ist doch bestimmt völlig daneben, wie ich hier rumlaufe, oder?«

»Naja, äh, ein bisschen enttäuscht bin ich schon, muss ich sagen, doch.«

»Siehstu, dabei wollte ich nur mit Safti ein Bier im ›Tiger‹ trinken, und dann hat mir der eine Typ diesen Batida ausgegeben und das schmeckt mir immer so guut, und dann habe ich noch einen getrunken und das ist dabei raus gekommen«, sie machte eine schwungvolle Geste mit der Rechten. »Aber weißtu was? Ich bin trotzdem irgendwie froh, dass Du da bist. Ich fühle mich heute so komisch, weißtu, ich glaube im Leben oder in der Welt gibt es immer nur einen einzigen Moment, es kommt immer nur auf den Moment an, immer nur das Jetzt, es gibt immer nur eeewige Veränderung, man kann sich und man darf sich auf nichts verlassen, man kann immer nur im Augenblick leben, meinstu nicht auch?« Markus meinte das eigentlich auch, besonders im Moment, während er beobachtete, wie ihre Augen fast zufielen und er ihre Schulter kaum mehr festhalten konnte. Dann öffneten sich ihre Lider erneut, sie nahm Haltung an, stand auf einmal beinah souverän vor ihm und sah ihn in vollkommener Reinheit fragend an, so dass Markus nicht anders konnte, als ihr wieder alle Liebe der Welt zu wünschen.

»Ich denke,« antwortete er in ihr gerötetes Ohr hinauf, während ihn eine duftige Locke an der Nase kitzelte: »Es ist schon ganz gut, wenn man nicht nur für den Augenblick lebt, sondern auch Pläne macht. Unser Leben ist doch auch beeinflussbar, oder nicht? Haben wir denn nicht die Möglichkeit, es so zu verändern – und das heißt doch, mit der Zukunft zu rechnen – dass wir besser leben können? Sonst wären wir doch nur Spielbälle von irgendwas, wenn wir nur im Augenblick leben würden. Andererseits hast Du natürlich nicht ganz unrecht, wenn Du sagen würdest, dass es gefährlich ist, nur noch für die Zukunft zu leben und überhaupt nicht mehr die Gegenwart wahrzunehmen, und ich glaube, dass das ziemlich viele tun und deshalb ihr Leben versäumen«.

Claudia sah Markus für einen Augenblick konzentriert und etwas ratlos an, gab sich einen Ruck, machte eine wegwerfende Handbewegung, kniff ihre Augen zusammen und sagte, während sie wieder schwer gegen ihn brandete, mit ihrer weichen Mädchenstimme im Brustton der Überzeugung: »Weißtu, Du hast recht, aber ich habe auch recht, ich kann das jetzt nicht richtig erklären, aber ich glaube, ich muss mal.« Sie stupste ihm zum Abschied heftig ihren Zeigefinger auf die Brust, drehte sich auf ihrem Absatz um und verließ ihn.

Als Markus realisierte, dass Claudia nicht mehr zurückkam und er sie auch nirgends entdecken konnte, überließ er sich vollends seinem ausgeprägten Durst. Er trank so viel, dass selbst Olaf, der Markus schon gewagte Mengen hatte trinken und bewältigen sehen, beim Öffnen dieser Biere nachdenklich wurde, sie ihm nur zögerlich über die Theke schob, sich aber anspielende Scherze nach wie vor verkniff. Markus verkroch sich nun endgültig in seinem zwielichtigen Winkel, badete seinen Organismus in Bier und seine Seele in Selbstmitleid. Er hatte keine Lust darauf, nachhause zu fahren, wie er sich hin und wieder selber sagte, wenn er durch irgend eine Person, die ihn anrempelte oder durch das langsame Leererwerden der Diskothek von sich selbst abgelenkt wurde, »Ich bleibe hier, ist mir ganz egal«, »Keine Lust mehr« und dergleichen murmelte er vor sich hin, wenn er aus den Untiefen seiner Gedanken an die Oberfläche geriet, was nur selten geschah.

Gefühlte zwei Stunden lang dauerte es, bis er Claudia auf einmal auf der Tanzfläche sah. Sie schien ihn wieder vergessen zu haben, denn sie dachte nur daran zu tanzen, nicht daran, nach ihm zu suchen. Als sie wieder gehen wollte, gelang es ihm, sie gerade noch abzufangen und sie zu fragen, wo sie die ganze Zeit gewesen sei (wobei er sich wunderte, dass er nicht lallte). Sie berichtete freimütig, dass sie sich die ganze Zeit »da drüben« (sie wies auf eine abgelegene Ecke) mit Ricardo, ihrem Ex-Freund, unterhalten hatte, der noch ein »Hühnchen mit ihr rupfen« musste. Im Übrigen würde sie jetzt aber von ihm nachhause gebracht, und müsse sich, so leid ihr das alles tue, verabschieden. Claudia wirkte alles in allem etwas erholter, als sie da vor ihm stand, ihr Blick war genauer, ihre Haltung stabiler, nur Markus hatte nun leichte Schwierigkeiten mit seinem Stand, und Schwierigkeiten, passende Worte zu finden. Er brachte nichts mehr zustande, als ein bisschen zu schwanken und traurig auszusehen, was Claudia veranlasste zu sagen:

»Beim nächsten Mal wird alles anders, bestimmt, ich

versprech' es dir«. Sie schürzte die lächelnden Lippen für ihren üblichen Abschiedskuss, platzierte ihn auf Markus Mund und war nicht vorbereitet: Markus war der leichtfertigen Intimität ihres Kusses nicht gewachsen, er wäre es kaum im nüchternen Zustand gewesen, nun aber wirkten etwa zehn Biere auf seine Contenance. Als Markus ihren Mund spürte, brach unkontrolliert heraus, was seit Wochen durch eben diesen Mund in seiner Seele angepflanzt war, sie zum Bersten erfüllte. Er hielt Claudia in ihrer angedeuteten Umarmung fest, auch als sie sich anschickte, sie zu beenden und setzte dem ersten kleinen eine Kette prasselnder Küsse hinzu, nach links, auf ihre hohe Wange, zurück zum weichen Mund, nach rechts zur anderen Wange und wieder auf den Mund. Dort verweilten seine Lippen kurz aber nachdrücklich. Dann ließ er sie los und sah betreten lächelnd in ihre erstaunten Augen. Ein paar Augenblicke lang wirkte sie verwirrt, dann schien sie angestrengt nachzudenken und schließlich gab sie sich einen Ruck und beendete diese etwas missglückte Verabredung, indem sie »Tschüss« sagte, tat, als wäre nichts geschehen und ihn einfach und fast kerzengerade verließ.

Dies also war das letzte Rendezvous der beiden gewesen, und hätte sich Markus wirklich ernsthaft Gedanken gemacht, hätte er die Situation einer kritischen Prüfung unterzogen, hätte er Abwägungen angestellt, bezüglich dessen, was ihm tatsächlich zumutbar sei und dessen, was ihm womöglich an Zumutungen noch ins Haus stand, wäre es bei diesem Rendezvous geblieben. Doch Markus war, wie wir wissen, nicht sonderlich bestrebt, sich den kühlen Wind der Vernunft durch den Kopf gehen zu lassen, und auch jetzt bewahrte er seinen Hang zur gefühlsmäßigen Ungenauigkeit seiner Gedanken. Ihn veranlasste zwar die Erinnerung an jene Nacht, die inzwischen bald zwei Wochen hinter ihm lag, dazu, Leidenstöne auszustoßen, aber sie hinderte ihn dennoch nicht, sehnsuchtsvoll den Anruf Claudias zu erwarten.

Dies nun ist der Moment, in dem wir uns ihm zum ersten Mal annähern, der Moment, in dem wir ihn zuhause besuchen, ihn aufsuchen in seinem kleinen, dunklen Zimmer, wo er »Ich liebe dich« sagt, seufzt, quietscht und umher rennt, weil natürlich das Telefon geklingelt hat, endlich, und Claudia alles »Leid tat«. Sie hat lange zu ihm, mit ihm gesprochen, ihm ein neuerliches Datum genannt, an dem alles anders werde. Sie hat es mit ihrer weichen Stimme getan, und er, im Vorhinein entwaffnet, hat zugesagt und den Anbruch seiner großen Zukunft auf Sonntag gelegt. Von Liebe ist am Telefon überhaupt noch nicht die Rede, aber Claudias Ton ist so liebevoll gewesen, dass Markus sich fest vornimmt, übermorgen zur Sprache zu bringen, was ihm den Schlaf raubt, »um endlich Klarheit zu bekommen«, wie er es nun wieder deutlich vernehmbar seinem Zimmer mitteilt.

Jetzt packt er ein paar Kleinigkeiten zusammen, macht noch dies und das, und verlässt sein Zimmer irgendwohin. Lassen wir ihn für heute unbeobachtet gehen, es gibt schon genug zu erzählen …

VIER

Der folgende Tag trug typische Merkmale des Spätsommers. Er war zwar noch angenehm warm, nur hatte diese Wärme etwas Zögerliches. Die Atmosphäre, selbst unten in der Stadt, war klar und durchsichtig und als die Röte des frühabendlichen Sonnenuntergangs sich auf die von Gärten umsäumten Altbauten der feineren Randbezirke legte, vermeinte Markus hier und da herbstlich getöntes Laub an den Bäumen zu entdecken.

Endlich schien sich eine Veränderung anzukündigen. Vielleicht war der bevorstehende Wechsel der Jahreszeiten der Impuls, vielleicht war es Zufall, dass sein Leben gerade in diesen Tagen, nach Wochen erschöpfender Stockung, in Bewegung geriet. Markus fühlte sich belebt und bereit, ein frisches Auge auf Neuigkeiten jeder Art zu richten, auch und gerade Neuigkeiten, welche ihm sein Unbewusstes durch unverhofftes Aufflackern allgemein libidinöser Energien und Empfindungen zu Bewusstsein brachte, Empfindungen, die natürlich stark mit Claudia in Zusammenhang standen, und die ihn seit ihrem Anruf beschwingter und befreiter durchrieselten als in all den zähen Wochen zuvor.

Seine Überschwänglichkeit fand Analogien in seinem Denken, was sich beispielsweise in dem Entschluss, sein Haar, besonders das im Stirnbereich, endgültig frei wachsen zu lassen, niederschlug. Er hatte nämlich festgestellt, dass sein Tanzstil (denn gelegentlich sah man ihn auch tanzen in der »Peripherie«), der ungestüm war, wie seine bevorzugte Musik, langes Deckhaar geradezu einklagte, wohlgemerkt Deckhaar!, welches sich schwungvoll rhythmisch bis zum Kinn peitschen ließ, nicht Nackenhaar!, das in diesem Zusammenhang völlig nutzlos war, und bei dem Markus obendrein Oberlippenbärte assoziierte, und hier wurde er überhaupt intolerant. Nein, über die Augen sollte es fallen, wenn er Thrash Metal hörte oder seine goldene Gitarre aufkreischen ließ. Etwas anderes vermochte er kaum aus seinem Instrument herauszuholen, aber das wollte er auch gar nicht. Das ganze Geheimnis guter, da belebender Rockmusik lag für Markus im Grad der Sturheit ihrer schrägen Harmonien, im halsbrecherischen Tempo des Vortrags, im verschwenderischen Einsatz von Verzerrern, im stampfenden, zischelnden Schlagzeuglärm, im animalisch- atemlosen Geschrei des Sängers und vor allem in einer unmissverständlichen Lautstärke. Rockmusik und Krach waren für ihn untrennbar verknüpft. War es ein Wunder, dass Rockmusik erst möglich wurde, als Gitarren elektrisch waren, als sie begannen zu dröhnen? Nein, denn der Verstärker war die Hebamme, der Verzerrer der Geburtshelfer (und würden es immer bleiben) des Rock 'n' Roll.

Markus unterschied Musik nach der Art und Weise, wie befreiend oder einengend sie auf ihn wirkte. Gute Musik setzte demnach Gefühle oder gar Bewusstseinsebenen frei, deren Erfahrung ihn bereicherte – nicht eine sphärische Befreiung, hin zu den unauslotbaren Unendlichkeiten eines vage imaginierten Kosmos, sondern eine, die den gehetzten Pulsschlag zeitgenössischen Daseins mit einem harten Beat, die die zermürbende Reibung zwischen dem Individuum und seinen Verhältnissen in wütenden Gitarrenriffs heraufbeschwört, eine Befreiung, die nicht außerhalb der Fakten vorgibt, eine zu sein, die nicht die Dinge des Lebens überdeckt, sondern die ins Zentrum des Schmerzes zielt, nicht um sinnlos schmerzhaft in Wunden zu wühlen, sondern um die Widersprüche aufzudecken, zwischen dem, was unser tieferes Selbst von sich aus zu sein ersehnt und dem, was wir uns überstülpen, ohne uns dessen immer bewusst zu sein, vom Überangebot perfider, wie perfekter Methoden des Selbstbetrugs und des Fremdbetrugs; eine Befreiung, die in subtiler und radikaler Konsequenz imstande ist, uns aus dem Verbandsmull nivellierender, Individualität nur vorspiegelnder Konventionen zu lösen, um Luft an unser wundes Selbst zu lassen, eine Befreiung, die uns wenigstens die Möglichkeit gibt, klarsichtig zu verschorfen, und illusionsloser unserer genuinen Persönlichkeit nahezukommen, um schließlich und endlich aus uns selbst direkte, unverstümmelte Energien zu beziehen – wie Markus es zur Zeit zu tun vermeinte.

Nicht, dass jemand jemals diese Theorien aus Markus Mund vernommen hätte. Man muss sie sich vielmehr verklausuliert und vorbegrifflich, als eine Art Urgestein in seinem Kopf (für den er ja etwas zu tun beabsichtigte) vorstellen. So blieb ihm auch nur dieses etwas unklare Gedankenkonstrukt als Basis seines Lifestyles, was aber nicht viel ausmachte, denn Markus vermochte sich problemlos der Vagheit des Intuitiven anzuvertrauen, genauso wie er zum Romantischen neigte, und im Zweifel ohne angestrengtes Nachdenken, aber mit getönter Brille den Dingen der Welt in die Augen sah. Das hatte den Vorteil, dass es gelegentlich nicht allzu viel brauchte, ihn zu beglücken. Ein Wechsel der Jahreszeiten, eine kleine

Verliebtheit, eine beabsichtigte neue Frisur und die Welt offenbarte sich ihm in verschwenderischer Anmut, und deshalb konnte man ihn auch an jenem frühen Samstagabend lächeln sehen, als er energisch die Pedale seines angerosteten Herrenrads tretend sich auf dem Weg zu Karl befand.

Auch Karl schien ihm zum Reigen der Dinge zu gehören, die, da Neues, Gutes bedeuteten. Kurz zuvor war er Karl in der »Peripherie« begegnet, und er hatte angesichts Karls freundlichen und verschmitzten Gebarens die Eingebung gehabt, sich bei ihm einzuladen. Die beiden kannten einander schon seit längerer Zeit, nur war ihre Bekanntschaft eher musikalischer Natur, denn sie hatten in Abständen vergeblich versucht gemeinsam zu musizieren, was regelmäßig an Markus' Unwillen oder Unschlüssigkeit, einmal auch an dem Unwillen von Karls Band gelegen hatte, Markus' stürmischen Stil die Orgel zu malträtieren, als Bereicherung zu verstehen. Diesmal sollte also das Persönliche in den Vordergrund treten, vielleicht sogar eine Freundschaft beginnen, derzeit schien Markus nichts ausgeschlossen.

Es dämmerte bereits, als Markus sein Rad vor dem seit Jahrzehnten von Studenten verwohnten Altbau parkte. Irgendwann hatte ihn nachts einmal etwas hierhin verschlagen, allerdings war seine Erinnerung getrübt, denn er war damals bis zur Sprachlosigkeit betrunken gewesen, es war Haschisch gereicht worden und sein Nachhauseweg hatte anscheinend Stunden in Anspruch genommen. Das Dumme war, dass es hier ein halbes Dutzend vierstöckige Wohnhäuser gab, die sich kaum voneinander unterschieden und er an diesem Exemplar keine

Hausnummer entdecken konnte. In der Hand eine Plastiktüte mit Dosenbier, betrat Markus den schmuddeligen Hausflur, betätigte den nächsten Lichtschalter, stellte fest, dass es dunkel blieb, dass statt dessen das Licht aus der Türritze der Flurtoilette erlosch, aus der gleichzeitig ein fragendes »Hä?« erklang, worauf er sich beim unsichtbaren Frager entschuldigte, das Licht wieder anknipste, endlich den Treppenhauslichtschalter fand, um festzustellen, dass es in diesem Gebäude überhaupt keinen Karl gab. Ähnlich erging es ihm bei der Untersuchung weiterer zwei Hauseingänge, ehe er sich endlich, ein wenig erschöpft, in Karls Zimmer wiederfand, nach Ersteigung dreier Stiegen, um sich da sofort in einen knallroten Drehsessel zu werfen.

Karls Zimmer war dem von Markus nicht unähnlich: es sah abgenutzt aus, in der Luft das Aroma von Hausstaub und Nikotin – und kaum war Markus eingetroffen, hatte Karl Wein in Wassergläser platziert, dessen säuerliches Bukett sich nun dem olfaktorischen Gesamtbild hinzugesellte. Man arbeitete, qualmende Zigaretten in den Händen, Wein schlürfend, an der Basis eines einschlägigen Herrenabends: man verschlechterte die Luft. Die wiederum schaffte eine Atmosphäre der Vertrautheit und Vertraulichkeit, die übrigens auch durch eine sozusagen optische Brüderlichkeit gefördert wurde, welche sich aus beider Vorliebe für das Stehenlassen vorohrigen Bart- bzw. Kopfhaars ergab. Gemeinsam und gleichzeitig mit den beiden jungen Männern korrespondierten deren Koteletten, die unübersehbar auf eine Verwandtschaft ihrer Lebensmodelle hinwiesen. Nicht nur unter vier Augen saß man hier, auch unter vier Koteletten! Dies übrigens in einer Epoche, in der Koteletten für Freunde der avantgardistischen Trends schon länger indiskutabel geworden waren, aber noch kein Jeanshosenschönling im Kabelfernsehen betriebswirtschaftlicher Pseudomännlichkeit vorgeführt hatte, worin diese in der nächsten Epoche hauptsächlich bestehen würde: In der Unbeseeltheit der Kreationen skrupelloser Hairstylisten: vorohrig, beidwangig, wie ausgeschnitten und angeklebt.

Markus und Karl hatten ihre Koteletten durchlebt, durchlitten, verworfen und verteidigt, über Jahre hinweg. Ihre Koteletten hatten sich immer wieder durchgesetzt. Die vier Koteletten in diesem Raum waren gewachsen, nicht herbeifrisiert! Sie legten Zeugnis ab vom Leben des beschlagenen, aber sensitiven Mannes um die Dreißig, der bereit ist, seinen Einblicken ins menschliche Verhängnis Rechnung zu tragen, der unrettbar unangepasst, wie Karl, seine anglizistischen Studien der Musik opfert – wie Markus, statt Geld zu verdienen, etwas für seinen Kopf tun will und dabei, nicht zuletzt, Neil Young hört. Neil Young, der Meister aller Kotelettenklassen übrigens, der im Leben beider seinen Platz fand, war, wenn nicht schon Vorbild, so wenigstens Sinnbild eines Lebensgefühls, das sowohl Rockmusik als auch Koteletten hervorbringt, und bei ihm lag womöglich ein Grund für ähnliche Philosophien und Frisuren in und an beiden Köpfen.

Aber da, wo Markus ins Hagere spielte, neigte Karl zur Abrundung, wo Markus in die Länge zu gehen versuchte (er maß einhundertfünfundachtzig Zentimeter), da wo ein gazellenartiger Hals seinen Kopf aus dem Kragen hervorschnellen ließ (was womöglich Ursache für die

Sprunghaftigkeit seiner Gedanken war), da wollte Karl Körper und Geist zusammen halten: Die Haarwurzel maximal einhundertsiebzig Zentimeter über dem Boden, trug er seinen Kopf auf einem zurückhaltenden Hals näher am Rumpf, lag er ihm also näher am Herzen, als dies bei Markus der Fall war. Von hier kam vielleicht auch jene Herzlichkeit, die man hinter Karls gleichsam fortwährendem Augenzwinkern vermuten musste, diesem Zwinkern der ganzen Persönlichkeit gewissermaßen, jener unablässigen Aufmerksamkeit, mit der er Markus Zigaretten anbot, ihm in der »Peripherie« Bier spendierte oder ihm jetzt das kaum geleerte Glas Wein auffüllte. Wenn man nicht aufpasste, war ein solcher Vorschuss von Zuvorkommenheit und Genussmitteln nicht mehr einholbar und man Karl plötzlich zu ewigem Dank verpflichtet. Allerdings hatte das Drohen bargeldloser Verbindlichkeiten, wie es die Dankbarkeit eine ist, auf Markus eine wenig abschreckende Wirkung. Der nahm lieber, als dass er gab und brachte es sogar fertig, sich eine gewisse moralische Qualität zuzuschreiben, wenn er nahm, wo ein anderer offenbar nichts lieber tat, als zu geben.

Erschien ihm Karls Großzügigkeit hin und wieder vielleicht auch etwas zwanghaft, so genügte ihm schnell dessen in halblauter Eindringlichkeit geäußerte Versicherung, dass »das mit dem Bier aber völlig okay« sei, denn dann schwebte ein Ausdruck der Abgeklärtheit, eine gereifte Gewissheit bezüglich der Werte des Lebens blauäugig über Karls Nase. Einer Nase, deren Gestalt einen zur Nachdenklichkeit veranlassen konnte, weil sie innerhalb Karls Gesicht einen Widerspruch zu formulieren schien. Ihre minimale, aber unübersehbare Länge, die Biegung, die ihr Rücken zu beschreiben verurteilt war und besonders die zentrale Lage dieses Organs in Karls Gesicht bewirkte, dass auf ihm der Ausdruck von Freundlichkeit eher lastete, als dass er lag. Dabei schien es, als wäre Karls Freundlichkeit wiederum eine unentwegte Bitte um Entschuldigung für das, was ihren Ausdruck nicht recht mitgestalten wollte: eben seine etwas zu eigenwillige Nase. Womöglich war sie Ursache eines verborgenen Minderwertigkeitsgefühls, das ihn auf dem Sprung hielt, ihn spendabler, zuvorkommender und freundlicher machte, als es der Durchschnitt war.

So also saßen unsere, wie wir sahen, doch auch etwas verschieden geratenen Kotelettenträger (Markus' Nase übrigens war schlicht und langweilig) bei gedämpftem Licht zusammen, rauchten Selbstgedrehte und Filterzigaretten, tranken Wein und hörten Musik, die von Karls Band stammte, jener Band, die unlängst gegen Markus als neuen Organisten abgestimmt hatte. Im Ton unermüdlicher Vertraulichkeit wies Karl darauf hin, dass das, was da gerade lief, nicht mehr auf dem neuesten Stand war, dass die Musik mit der neuen Sängerin noch viel besser geworden sei, so, als wäre es selbstverständlich und unüberhörbar, dass das, womit er Markus' Gehör gerade beanspruchte, in der Substanz gut war.

Doch Markus empfand anders, als Karl es von ihm dachte, kurz: die Musik gefiel ihm einfach nicht. Markus hatten immer schon die bezwingend einfachen, beinahe naiven, von der Countrymusik inspirierten Kompositionen von Karl gefallen, gerade wenn Karl selbst sie mit seiner instabilen, aber seelenvollen Stimme gesungen hatte, nun hörte er sie gesungen von einem Sänger, der viel zu genau den Ton hielt, der statt des an Neil Young orientierten Country and Western-Slangs sich einer Art gekünstelten Umgangsenglisches bediente, das kaum ein Engländer verstanden hätte, (geschweige denn der Wahlamerikaner Neil Young), und der all dies mit einem peinlich selbstverliebten, permanent gepressten Vibrato verunzierte, das allein schon diesen Menschen, ohne Ansehen der Person, bei Markus unbeliebt machte.

Aber auch, als Markus sich den Sänger wegdachte, der ja inzwischen durch eine Sängerin ersetzt worden sei, dachte er sich seinen Teil. Für ihn klang das Ganze stark nach dem scheinbar unausrottbaren Leiden provinzieller Musikgruppen, nach Jazzrock. Aufdringlich manierierte, viel zu harmonische Keyboard- und Gitarrensoli verdrängten die einfachen und einleuchtenden Strukturen von Karls Stücken zugunsten ichzentrierter Angebereien. Eine Art zwanghafter, weißer, schneller Reggaerhythmus, in dem alles gehalten war, schließlich sollte der Clou sein: das, was Karl als »das neue Ding« verstanden wissen wollte, für das, auch schon als Markus Bandmitglied werden wollte, der programmatische Name »Ethnobeat« verwendet wurde.

Markus selbst hatte in dem ganzen Unternehmen seinerzeit nicht mehr als eine Variante des Ska entdeckt und, da er der Meinung war, dass der Ska überhaupt nie zu seiner vollen Reife gelangt war, hatte er eine betont unmanierierte Skaorgel gespielt, jetzt wusste er, dass gerade das sein Fehler war, denn in der Band gab es wohl niemanden, der an Ska mehr als an Jazzrock interessiert war (wahrscheinlich wohl auch kaum jemanden, der Ska wirklich kannte).

Im Nachhinein war Markus zufrieden über seine demokratische Niederlage und schweigend, aber innerlich überlegen, vernahm er die Musik vom Band, drehte sich im knallroten Drehstuhl hin und her und zupfte an seiner Stirnlocke (die bisher kaum über seine Brauen reichte), um damit das anzudeuten, was er unter Rock 'n' Roll verstand.

»Weißt du,« sagte er schließlich, »ich stehe ja mehr auf Krach ohne viel Brimborium und so ...«

Karl nickte eingeweiht und nippte an seinem Wein: »Klar, das ist auch geil, das würde ich am liebsten auch machen, aber damit kann man nicht unbedingt gleich so groß rauskommen. Wir haben jetzt erst mal vor, zeitgemäße, aber kommerzielle Popmusik zu machen. Wir wollen richtig Hitparadenstatus erreichen und den Durchbruch schaffen und im Moment läuft das alles irrsinnig gut an.«

Missbilligend lächelte Markus zurück: »Ich glaube, dass man nur die Musik wirklich überzeugend spielen kann, hinter der man auch ganz steht. Im Übrigen hätte ich auch keine Lust, für noch so viel Geld überhaupt irgendwas Kommerzielles zu machen, es sei denn, es wäre die Musik, die ich sowieso machen würde.«

»Wenn man aber erst mal bekannt ist, hat man viel mehr Möglichkeiten, die Musik zu machen, die man selber mag ...« antwortete Karl mit erregter Überzeugung.

Markus wiegte ungläubig den Kopf hin und her, zog die Mundwinkel herunter und machte »Naja«, womit er es bewenden ließ: »Ich muss mir mal deine Platten angucken!«

Er erhob sich und prüfte Karls säuberlich geordnete, natürlich umfangreiche Plattensammlung, in der übrigens fast nichts von Neil Young fehlte. Er entdeckte ein Stück mit dem bezugsreichen Titel »I Wanna Be Your Dog«, ein Lied von einer seiner Lieblingsbands, in einer neueren Version von einer eher kommerziellen Rocksängerin gesungen, und Karl legte die Platte ungefragt umgehend auf. Karl kannte das Original nicht, was sein Ansehen bei Markus wieder ein bisschen schmälerte, aber die Kopie war nach allem nicht einmal so schlecht, wie Markus vorher gedacht hatte. Schließlich war er sogar so zufrieden von der ersten richtigen Rockmusik, die an diesem Abend diesen Raum beschallte, dass seine anfängliche Distanziertheit langsam einer gelösteren Laune wich und er ins Schwärmen geriet, über das Original, über die Band, die das Original eingespielt hatte und über das, was er für richtige Rockmusik hielt. Auch zu Scherzen war er langsam aufgelegt: »Ich möchte aber lieber *ihr* Hund sein!« rief er, seinen langen Zeigefinger auf eine Lautsprecherbox gerichtet, aus der die Sängerin heiser und lautstark ihre Bedürfnisse anmeldete. Karl war durchaus empfänglich für Markus typischerweise immer zum Plumpen neigenden Humor und freute sich mit ihm. Die Stimmung wurde immer besser.

Plump-sexualisierte Anspielungen sind seltsamerweise stimmungssteigernd, sobald das männliche Geschlecht unter sich ist. Seien es Männer um die Dreißig oder Konfirmanden: allein das Andeuten von etwas den Trieb Betreffendem erregt Aufmerksamkeit, das Durchscheinenlassen, dass man nicht nur Mann sei, sondern auch wie einer empfinde, erzeugt oft spontane Sympathie und Anteilnahme unter Männern, und Scherze zum Thema sind häufig ein stimulierendes Element, sozusagen Gewürz jedweder zwischenmännlichen Kommunikation. Der Nerv war also getroffen, was beschwingend und durststeigernd wirkte und so war der Wein bald alle, das mitgebrachte Dosenbier zischend geöffnet, und jede Platte, die Markus interessierte, wurde zuvorkommend und mit wachsender Begeisterung von Karl aufgelegt, so dass unsere beiden Herren immer mehr in einen Taumel des Rockmusikhörens, des Schwärmens und des Erfahrungsaustauschs gerieten. Ein theoretischer Erfahrungsaustausch auch im Bereich »Eros« deutete sich unterschwellig an. Ein vorsichtiger freilich, denn man kannte sich bisher ja eher oberflächlich und hatte eine mittelschichtgeprägte oder akademische Herkunft und Sozialisation im alkoholinspirierten Blut, die zunächst nur augenzwinkernde Äußerungen zuließ und sich dann doch auf eher allgemeine sachliche Informationen über den derzeitigen jeweiligen Bindungsstand zum anderen, dem weiblichen Geschlecht beschränkte.

Bei allem aber, was gesprochen wurde, konnte Markus sich des Eindrucks nicht recht erwehren, dass Karl auf eine Weise zu pünktlich, eine Idee zu vorschnell seinem Geschmack beipflichtete, dass er sich zu engagiert seiner Meinung über Rockmusik anschloss, zu sehr mitschwärmte, wenn er etwas zu schwärmen hatte, dass er schließlich auch zu selbstvergessen seine Anerkennung aussprach, als er, Markus, zugegeben, einigermaßen selbstzufrieden und etwas zu vollmundig, über seinen aktuellen Stand in Liebesdingen berichtete. Neben den letzten ein, zwei Erlebnissen, die er vor Claudia gehabt hatte, die nicht allzu unschmeichelhaft für ihn gewesen waren, dabei jedoch in ihrer Bedeutung von völliger Unerheblichkeit, die deshalb auch in diesem Rahmen nicht weiter erwähnt werden sollen, erzählte er auch von ihr und dass er sie wiedersehen würde und beinah, als wäre sein Glück identisch mit dem von Karl, freute der sich eingeweiht und, im übertragenen Sinn, unablässig augenzwinkernd mit ihm.

Karl wiederum, nun an der Reihe, immer im Ton des Vertraulich-Verbrüderten, beeilte sich aufzuschließen und von seinen schönen Erfolgen zu erzählen, die sich zwar, zur Zeit, mehr auf eine Einzelne konzentrierten, jedoch in deren Qualität von überaus sieghaftem Charakter zu sein schienen. Dies strich er heraus, indem er sich eines schlichten Substantivs bediente, sobald er seine derzeitige Freundin erwähnte: Er redete von seiner Freundin nicht als seiner »Freundin«, nicht gar als seiner »Beziehung« (was in mancher Hinsicht unglücklich, aber vielleicht ziemlich abgeklärt gewesen wäre), er sprach nicht von seiner »Geliebten«(was auf eine Art Stilwillen besessen hätte), nicht von seiner »Affäre«(was lässig gewirkt hätte): Wenn Karl von seiner Freundin sprach, tat er das, indem er sich des Ausdrucks »meine Bekannte« bediente, eine Bezeichnung, die schließlich in ihrer beiläufigen Souveränität unübertrefflich war und Markus den Atem verschlug.

Alles deutete darauf hin, dass Karls derzeitiges Verhältnis zwar nicht problemfrei war, aber überschaubar und sich gewissermaßen in seinem Griff befand. Er deutete kleinere Reibereien an, die offenbar auf typisch weibliche Ungereimtheiten im Handeln und Wollen seiner »Bekannten« zurückzuführen waren, aber er ließ auch durchblicken, dass es mit den Reibereien der angenehmeren Art im Ganzen befriedigend bestellt war, dass das Verhältnis, seit nicht mehr über »Beziehungsfragen« diskutiert werde, eben, seitdem jene Frau nur noch seine »Bekannte« war, entlastet sei, komfortabel und bereichernd, und dass er Anlass genug habe, sich inzwischen nach einer Phase des Engagements auf abgesichertem Terrain wähnen zu dürfen.

Neidisch, schon allein wegen der Regelmäßigkeit der gutartigen Reibereien, in deren Genuss er selbst faktisch seit über zwei Jahren nicht mehr gekommen war, hörte Markus zu. Neidisch und auch mit Bewunderung, denn gerade in der dezenten Gelassenheit, in der Karl ihm eigentlich nur andeutete, wie geschickt er sich darauf verstand, sich nicht von einer Frau in emotionale Überforderungen ziehen zu lassen und sie sich dennoch als »Bekannte« (und natürlich hatte diese Benennung in ihrem Zusammenhang kaum mehr etwas von ihrer ursprünglichen Harmlosigkeit) zu erhalten, verriet sich Karls bewundernswerte Übersicht und Selbstgewissheit.

Das hatte er Karl eigentlich gar nicht zugetraut, aber so konnte man sich irren. Im Übrigen war Karls »Bekannte« nicht unansehnlich, das konnte Markus für sich aus eigener Anschauung bestätigen. Im Gegenteil hatte er sie schon bei zwei zufälligen, im Zuge nächtlicher Routinen sich ergebenden Begegnungen mit Karl und eben ihr, für mehr als ansprechend empfunden.

Vielleicht kam das unter anderem daher, dass sie zu den doch etwas selteneren Frauen zu zählen war, die ihn,

Markus, überhaupt bemerkten, was sich in ihrem Fall darin äußerte, dass sie ihn über die Distanz mehrerer Meter angeblickt hatte – nicht angelächelt, wie Claudia später – aber wenigstens angeblickt, und das nicht in einer Weise, die bedeutet hätte, dass sie, wenn schon keine schlechte, so doch eine zu sehr vorgefasste Meinung von ihm hätte. Der Blick der »Bekannten« von Karl war ein erfassender, nicht ein katalogisierender, allein das sprach für sie, aber für sie sprachen auch die Augen, mit denen sie diesen Blick verschickte, denn in dem ein wenig schreckhaften Zittern ihrer bläulich gemalten Lider vermeinte Markus Sensibilität zu erahnen, in der graublauen Iris ihrer großen Augen Schönheit zu erkennen, wenngleich ihn die gleichzeitige Abwesenheit jedweden und sei es nur eines erahnbaren Lächelns, das dieser Schönheit eine gewisse humane Abrundung verliehen hätte, nicht nur irritierte: Sie wehte ihn kühl an.

Unter einem blonden Pony hatten ihn beiläufig diese Augen gemustert aus einem unmodisch blassen Gesicht heraus, das, eingefasst in glattes, dunkelblondes Haar, ihn, Markus seinerzeit doch, es mochte Monate her sein, bewegt hatte. Auch ihr Körper, zumindest der, der sich am ehesten in der gespannten Enge einer Bluejeans ausdrückte, dessen Oberweite sich einem Rollkragenpullover und den großzügigen Revers eines abgewetzten schwarzen Blazers anvertraute, sprach für sie und in diesem Zusammenhang für Karl, dessen »Bekannte« sie war, der natürlich, wie Markus auch, es, was auch immer, verdient hatte, weil er allein Neil Young mochte und Koteletten trug...

Neil Young dröhnte inzwischen scheppernd über die beiden biergurgelnden Burschen hinweg. Tabakqualm verdunkelte das ohnehin schummrige Licht und man war dazu übergegangen, sich lebhaft irgendwelche zufliegenden Gedanken zuzurufen. Insgesamt war nun alles ein gelungener Herrenabend, und einvernehmlich und in der Art überspannter Laune, in der man Männer unter sich öfter anzutreffen vermag, fühlten sie sich wohl und bereit zu weiteren exzessiven Verrichtungen, wie dem Trinken von noch mehr Bier, dem Rauchen von noch mehr Zigaretten und dem Hören von noch mehr lauter Musik.

Markus hörte nicht das Klingeln des Telefons, aber Karl stand plötzlich auf, ging aus dem Raum und kam mit dem Apparat in der Hand zurück. Sofort stellte er die Anlage aus und setzte sich ein wenig abgewandt auf den Rand seines schmalen Betts, über dem übrigens an der Wand eine große marokkanische Webarbeit, irgendwie nicht ganz in Übereinstimmung mit der ausgesuchten Abgewetztheit der restlichen Einrichtung, hing. Dann sprach er leise, zurückgenommen, verbindlich in den Hörer hinein, auffallend nüchtern, zu seiner »Bekannten«, die unhörbar für Markus, Fragen stellte, welche Karl genau beantwortete. Es war ruhig geworden, es war, als wäre durch die geöffnete Zimmertür ein Luftzug gekommen, der alle Launigkeit durch das Fenster hinausgetragen hätte, es war, als wäre jene Frau auf einmal im Raum, beinahe, als wäre alles Gesagte, Gedachte nie gesagt oder gedacht gewesen. So zaghaft und angedeutet Markus' und Karls demonstrative Männlichkeit auch nur gewesen sein mochte, sie schien in dieser Lage schon ein mittleres Vergehen zu sein, und derselbe Mund, der eben noch ein beinah aufrührerisch schmutziges Lachen hervorgebracht hatte,

derselbe Karl, der sich eben noch in seiner Lässigkeit ge-
sonnt hatte, mühte sich auf einmal, aufmerksam, einvernehmlich und auf eine Weise intim zu klingen, die nicht
auf Erfolge seiner maskulinen Erotik, sondern eher auf
ein unterschwelliges Eingeständnis heimlicher Unpäss-
lichkeiten anspielte.

Sorgsam lauschte Karl dem, was diese Unsichtbare, für
Markus unhörbar, aber doch in Karls plötzlich überemp-
findlich gewordenen Mienenspiel in etwa ablesbar, zu sagen hatte. Sie stellte Fragen, trivialen Gehalts, aber sofort auch unausweichlicher Art, welche leise und konzentriert zu beantworten Karl sich redlichste Mühe zu
geben versuchte. Es war still geworden im Zimmer und
von Sekunde zu Sekunde war es erfüllter von diesem unsichtbaren, ungebetenen, gegengeschlechtlichen Gast.

Als Karl auflegte, war nichts mehr wie vorher. Etwas
Unvorhergesehenes, Ungeplantes war beschlossen worden: Merle, so hieß also diese Bekannte, Freundin, oder
was auch immer, Karls, diese Merle hatte beschlossen (hatte sie ihn, Karl, eigentlich auch um sein Einverständnis
gefragt?), sich im Lauf der Nacht einzufinden, und dann
sei zu überlegen, wohin noch zu gehen wäre ...

Gut eine halbe Stunde verstrich (es ging auf Mitter-
nacht), und obwohl sich Karl bemühte, wieder der sou-
veräne Mann zu sein, der er Minuten vorher noch überaus
gewesen war, obwohl er mit geradezu atemlosem Einsatz
wieder begonnen hatte, verständig zu zwinkern und alles auf eine Karte setzte, indem er sich schließlich zu seiner heimlichen Jugendliebe »Status Quo« bekannte, deren lapidare zwei Akkorde dann auch wie ein Freundes-
gruß männlicher Unkompliziertheit ins Zimmer schram-

melten, trotz alledem: Das Vergnügen war dahin. Trotz aller Lautstärke blieb es irgendwie still und es war, als hätte Merle gar nicht aufgelegt, als sei sie immer noch körperlos im Raum und würde da verharren, bis zu ihrem Erscheinen. Es geschah nun nicht mehr viel anderes, als dass man sie erwartete. Gespräche wollten nicht mehr entstehen. Scherze klangen zu gezwungen. Gelächter war im Keim schon halbherzig. Und langsam wurde es Markus ein wenig komisch zumute, als er sich vorstellte, dass Merle, die so ausgesprochen die Konzentration auf sich zu ziehen vermochte, den Abend mit ihnen teilen würde.

Die zweite Unterbrechung war eigentlich keine mehr, obwohl sie der ersten ähnelte: Es klingelte, ein begonnener Satz wurde fahrig unterbrochen, die Musik wurde mechanisch leise gestellt, Karl machte auf einmal sogar das Deckenlicht an, Tür und Haustür wurden geöffnet und dann stieg durchs Treppenhaus jenes Phänomen, das sich vorhin in den Raum hinein telefoniert hatte, nun in seiner leiblichen Ausgabe, um sich wieder mit jenem Teil seiner Aura, der hier verharrt hatte, zu verbinden: Merle erschien.

FÜNF

Sie trug schwarz und ihr blondes Haar war frischge-
waschen. Sie war blass, aber das stand ihr gut. Sie wirkte
still, aber das machte sie geheimnisvoll. Markus begrüßte
sie kühl, aber vom ersten Augenblick an spürte er, dass
sie ihm unausweichlich war. Merle war mehr als anwesend, nicht nur die Situation war verändert, wie nach
dem Telefonat: es war, als wäre restlos alles anders. Sie
sah ihn kaum an, sie grüßte höflich zurück, indem sie
»Hallo« sagte, sie nahm Platz, sie sprach mit Karl, der fast
verbindlich-entschuldigend bemerkte, dass man »Status
Quo« gehört und sich seiner Jugenderinnerungen erfreut
habe, und Markus versuchte, sich nicht anmerken zu lassen, dass mit ihm etwas geschah, von dem er selbst nicht
wusste, was es zu bedeuten hatte.

»Warum sieht sie nur so gut aus?«, hörte sich Markus
dann, als er auf der Toilette eine halbe Treppe tiefer saß,
fast zu laut gegen die Tür anreden, die ihm freilich keine Antwort gab, auch nicht, als er fertig uriniert hatte,
(vielleicht hatte sich die Tür, die Merle sicher schon öfter gesehen hatte, dieselbe Frage auch schon gestellt, und
dabei herausgefunden, dass es keine vernünftige Antwort
geben konnte) und Markus war verwirrt. Er war verwirrt
wegen einer Unausweichlichkeit, fast einer Art Bedrohung, die ihm aus Merles geheimnisvoller, regloser Ver-
schwiegenheit erwuchs. Schwierigen Blicks stieg Markus
die halbe Treppe hinauf und schwierig sah er Merle, die
Blasse, von der Seite aus an, die indifferent und aufrecht
in ihrem Stuhl kaum mehr tat, als ihn ab und zu indif-

ferent, aber dabei leise magnetisch, anzublicken, zurückhaltend und zugleich erfassend. Markus wollte Claudia, und er wollte einen netten Abend mit Karl verbringen, aber da war diese Merle, dieses Phänomen und es durchdrang alles, den Raum, Karl, und nun auch ihn selbst, Markus.

Sie hatten noch kein Wort miteinander gewechselt, als es zu den Rädern im Hof ging. Nur ihre Blicke hatten ihn manchmal getroffen und jeder ihrer kurzen Blicke drang tiefer in ihn ein. Wehrlos merkte er, wie sie ihm näherkam, dabei schien sie das völlig unabsichtlich zu tun. Sie flirtete nicht mit ihm, aber gerade in der Art, wie sie es vermied, ihn aufmerksamer anzusehen, verriet sie ihre ganz ihm zugewandte Aufmerksamkeit. Bei den Fahrrädern war sie ihm im Weg, obwohl sie nur irgendwo neben ihm war. Er spürte, dass genauso selbstverständlich, wie er jetzt an seinem Fahrradschloss hantierte, er an ihr hantieren könnte. Es wäre schon jetzt beinahe notwendiger gewesen, an ihr zu hantieren, als an dem alten Schloss, es wäre vor allem eher zwangsläufig gewesen. Solche Gedanken überfielen Markus, ohne dass er es beeinflussen konnte, ohne dass er sie sich vom Hals halten konnte. Merle war ihm nahe, wie ein unerklärlicher Bestandteil seiner selbst und dieses Gefühl machte ihn schwindelig.

Hektisch warf er sich auf sein Rad und fuhr schnell den beiden anderen voraus, nur um körperlichen Abstand zu gewinnen, wo ihm ein psychologischer Abstand nicht gelingen wollte. Er fuhr offenbar sehr schnell, denn nach zwei Abzweigungen war das Paar hinter ihm nicht mehr zu sehen. Obwohl er die Umgebung gut zu kennen glaubte, wusste er auf einmal nicht mehr, wo er war. Er hatte plötzlich keine Ahnung mehr, wo es zum »Jazz Club« ging, dabei war er in diesen Straßen schon hunderte Male gewesen. Benommen hielt er an, und er hörte sein Herz klopfen. Er musste für einen Moment die Augen schließen. Dann hörte er, wie sich von hinten die Räder näherten, er besann sich, und wusste kurz darauf den Weg, als habe er ihn nie vergessen, fuhr weiter und kam als erster an.

Der »Jazz Club« war ein Kellerlokal, dessen muffiges Gewölbe schon vor Jahrhunderten einem Mönchsorden und später Generationen von Studenten Gelegenheit zu Trinkgelagen gegeben hatte. Vor einer Wand war eine Bühne errichtet und hier gaben sich etwa fünf oder sechs Mittvierziger Interpretationen von Rockstücken der Siebziger Jahre hin. Sie präsentierten sich und ihre Musik auf ihren paar Quadratmetern mit einem solchen Enthusiasmus und mit solch einer aufdringlichen Fröhlichkeit einem zerstreuten, aber genauso fröhlichen Publikum, dass es Markus unwohl wurde. Er sagte zu Karl etwas theatralisch: »Like Punk never happened!« Karl lächelte wissend und Merle stand blässlich und hübsch dabei. Es war ganz klar, dass ein Bier herbei musste, und Markus hatte gar kein Geld dabei. Natürlich hatte Karl dann verschmitzt und unauffällig einen Geldschein hervorgezaubert, mit diesem drei wie von Geisterhand auf der Theke erschienene goldgelbe Biere bezahlt, nach denen gegriffen werden durfte, um sich daran festhalten zu können, geprostet und schließlich ungefähr gleichauf mit Markus geschluckt.

Merle war still. Die spitzen Schuhe im rechten Winkel gespreizt, stand sie auf einem Standbein, in engen Jeans und achtete darauf, dass ihr nicht eine Strähne des Ponys ins Auge geriet. Deshalb verkniff sie die Lider, zittrig, und bläulich mit Wimperntusche flackernd, und dabei blass. Merle war still – zumindest schien es so, obwohl sie sich hin und wieder mit Karl unterhielt und einmal gab sie Karl einen Kuss. Das erschien Markus merkwürdig. Er empfand diesen Vorgang als unpassend, als ungerechtfertigt und verfehlt, obgleich ihre Lippen Karls Mund durchaus getroffen hatten. Es war einfach nichts zu machen: Markus hatte den Eindruck, dass seine Lippen das bessere Ziel gewesen wären, und so sehr er sich dagegen sträubte, er konnte sich nicht gegen diesen Gedanken wehren. Als er sich eine Zigarette drehen wollte, stellte er zu seinem Entsetzen fest, dass er nicht nur bargeldlos war, sondern auch seinen Tabak und sein Feuerzeug bei Karl liegengelassen hatte. »Diese Nacht ist schicksalsträchtig«, sagte er heimlich zu sich selbst. Zunächst ließ er sich von Karl eine Zigarette geben, aber auf die Dauer mochte er keine Filterzigaretten rauchen, und schließlich stand er vor Merle: »Zu dumm, aber ich habe meinen Tabak bei Karl vergessen, ob ich mir mal eine von dir drehen darf ... «

Ihm war, schon während er die Frage aussprach, als habe er Merle in Wirklichkeit um die Erlaubnis zu einer intimen Tätlichkeit gebeten, aber entsprechend intim antwortete auch ihr Blick, großäugig und bläulich flackernd, während ihr schmaler Mund rauchig und zugleich brüchig sagte: »Du darfst dir gern auch den ganzen Abend Zigaretten bei mir drehen, ich habe noch genug Tabak da.« Markus wurde nur noch verlegener, als bedeute ihr Angebot eine Einladung zu erotischen Hemmungslosigkeiten, und als er schließlich ihr Beutelchen aufzippte und begann, spitzfingrig am dunklen Gekräusele ihres Tabaks zu zupfen, fühlte er die Hitze der Scham in seinen Kopf steigen.

In irgendeinem Widerspruch standen Merles Worte zu ihren Gebärden, allein der Ton und die Aussprache wollten nicht recht zum Inhalt ihrer Worte passen, oder etwas anderes ausdrücken, als sie eigentlich bedeuteten. Merle sprach, als wären ihre Lippen nicht Teil ihres Sprechapparats, nicht Mittel, sondern Behinderung ihres mündlichen Ausdrucks, als würden sie ihre Worte bremsen und nicht formen. Offenbar hatte Merle einen kleinen Sprachfehler, aber es war mehr als das, Merle war in sich widersprüchlich, ihre Augen sagten etwas anderes als ihr Mund, ihr Mund etwas anderes als ihre Worte, ihr Gesicht blieb von einer nervösen Unbeweglichkeit, unter der Markus eine Vielfalt von Möglichkeiten zu ahnen begann. Vielleicht wusste Merle, mehr als die meisten anderen, vom Wechselspiel emotionaler und intellektueller Bezüge, vielleicht hinterfragte sie sich deshalb, vielleicht wusste sie um eine Uneinheitlichkeit ihrer selbst, vielleicht litt sie gar selbst darunter. Sie schien zwar unsicher, aber auch hinter ihrer kühlen Fassade schien sie ihn, Markus, zu sehen – und Markus fühlte sich berührt.

Fahrig rollte er sich eine krumme Zigarette, dann räusperte er sich, ließ sich von Merles kleiner weißer Hand ein brennendes, türkisfarbenes Einwegfeuerzeug vorhalten und versuchte schnell seinen wohl immer noch erröteten Kopf hinter Qualm zu verstecken, während er fragte: »Und, was hältst du von dieser Band?«

»Also dat geht ja woll voll ab, woll?«, sagte Merle. Markus war völlig unvorbereitet auf eine parodistische Einlage, weil er Merle als eher still eingeschätzt hatte. Außerdem verhielt sich Merle zugleich noch verkrampfter als vorher. Sie betonte ihre Ausdrucksweise mit einem Rucken des Kopfes nach vorne, streckte ihr Standbein noch mehr durch und begann noch wilder mit ihren Wimpern zu flackern, ohne dabei auch nur andeutungsweise zu lächeln. Markus ahnte, dass er nun eigentlich hätte lachen dürfen, aber sein Lächeln versiegte aufgrund einer unterschwelligen Ratlosigkeit. Einen belastenden Moment lang standen sich Merle und Markus gegenüber, Auge in Auge, dann saugte Markus, statt etwas zu sagen, lange an seiner krummen Zigarette, und blies schnell einen weißen Nebel vor sein Gesicht, weil er nicht wusste, wie er gucken sollte. Er verkniff die Augen, griff nach dem halbvollen Bier neben sich und trank es in einem Zug aus. Er hatte nur noch den Wunsch, diese Episode, so schnell es ging, zu beenden. Er sah nach Karl, der immer noch schlitzohrig grinste, nach Merle, die immer noch angewurzelt da stand, und sich nun selbst überkonzentriert eine Zigarette drehte. »Na ja, also ich werde jetzt wohl mal langsam in die »Peripherie« rüber, das hier ist nun eigentlich doch nichts für mich!«. Er kippte seinen Daumen nach der Band, die offenbar umso mehr Vergnügen an ihrem Auftritt hatte, je mehr Leute den Keller verließen. Gerade wollte Markus ein verschmitztes »Tschüss«

hören lassen, und er freute sich schon darauf, wie er auf der Treppe nach oben aufatmen und alles hinter sich lassen würde, als er Merles etwas zu laute Stimme hörte: »Wir kommen mit!«, und Karl, dem offenbar keine Wahl blieb, beeilte sich hinzuzufügen, dass man natürlich keine weitere Sekunde hier ausharren könne, und dass er gerade dasselbe hatte vorschlagen wollen. Markus lächelte, aber er spürte Merles Blick auf sich, als würde sie ihn anfassen.

In der »Peripherie« lieh sich Markus zwanzig Mark von Karl und dadurch fühlte er sich etwas unabhängiger. Die »Peripherie«, dieser unüberschaubare Saal mit einem S-förmigen Grundriss, in dessen ungefährer Mitte auf einer quadratischen, erhöhten Plattform getanzt wurde – offenbar die Tätigkeit mit der hier größten Bedeutsamkeit, denn rechts und links von diesem Ort erhoben sich jeweils drei breite stufige Absätze, auf denen die nichttanzenden Gäste standen oder saßen und wie in einem medizinischen Hörsaal, konzentriert das Geschehen auf dem Parkett verfolgten. Aber als sei dem Tanz damit noch nicht genügend gehuldigt, bot sich auch den Tänzern Gelegenheit zur Selbstwahrnehmung: sie konnten jede ihrer eigenen Bewegungen in einem die ganze hintere Wand ausfüllenden Spiegel beobachten. Sobald man also begann zu tanzen, war einem das in mindestens dreifacher Weise bewusst: Man wurde angestarrt, der Spiegel verdoppelte einen und so tanzte man immer neben sich her und schließlich konnte einem kaum entgehen, dass der eigene Körper in Bewegung war, es sei denn, man war so betrunken, wie manchmal Markus.

Dann jedoch gab es noch eine andere zentrale Stelle, nämlich im Bereich zwischen der Tanzfläche und den beiden Theken, wo sich im Moment sehr viele jüngere Leute drängelten. Sie rauchten, tranken und flirteten, kurz, sie amüsierten sich. Irgendwo in dieser Menge hatte Markus sich von Merle und Karl distanziert und nach Claudia gesucht, die ja auch wieder hier hätte sein können, aber sie war es nicht. Nur hinten irgendwo, wie ein Stachel im Fleisch dieses pulsierenden Organismus schimmerte Merles blond-schwarze Anwesenheit und hielt Markus davon ab, unbefangen zu werden. Wie immer, wenn etwas schwierig war, erhöhte sich für Markus die Legitimation schnell getrunkener Biere, und so hatte er wieder einmal in kürzerer Zeit drei Flaschen erledigt, deren eine obendrein ihm der augenzwinkernde Karl gewissermaßen zusteckte, als habe der sich noch nicht als genügend spendabel erwiesen. Allerdings kamen kaum mehr Worte zwischen ihnen zustande, denn weiter hinten lenkte Merle Markus ab und plötzlich sagte Karl, er wolle nun gehen. Markus zwang sich zu einer freundlichen Grimasse, klopfte ihm kumpelhaft auf die Schulter und war insgeheim froh, dass die Zeit der Anfechtung vorüber war, aber dann sah er, dass Karl nach einem kurzen Gespräch mit Merle ohne sie verschwand. Merle war immer noch da.

Nun war er allein mit ihr, inmitten dieses Menschenauflaufs, als ob sie in einem Fahrstuhl wären, und in diesem Augenblick fühlte er sich durch sie bedrohter und angezogener als die ganze Zeit zuvor.

Selbst, wenn ihre Körper zu essen, zu trinken oder zu

schlafen verlangen, niemals sonst finden Männer sich in einer derart zwangvollen Lage, wie wenn eine Frau ihnen ihre Offenheit auf den Leib schreibt, mit den unausgesprochenen Worten: »Du interessierst mich wirklich, auch wenn ich Karl interessiere«. Markus brauchte noch drei Schluck Bier, dann stand er bei ihr und redete auf sie ein. Und nun lief Merle zu Höchstform auf. Sie ließ alle Hüllen einer falschen Rücksicht fallen und war ganz weiblich. Noch zurückgenommen, aber weich und schmeichelhaft fuhr ihr graublauer Blick über ihn, der nur noch dummes Zeug dahinplapperte, nur um nicht wieder Schweigen zwischen ihnen aufkommen zu lassen. Und auf einmal lächelte sie. Mit ihrem Lächeln entstand ein Grübchen auf ihrer rechten Wange und beides zusammen bewirkte, dass Markus endgültig das alte Gesetz bestätigen musste.

»Du hast schöne Augen« entfuhr es ihm, ohne dass er etwas dafür konnte.

»Und du guckst schön« antwortete Merle umgehend, als sei sie vorbereitet.

In einem raschen Prozess schälte sich Markus' Wunsch heraus, mit seinen Lippen die Lippen von Merle zu berühren und er verwendete die nächste halbe Stunde darauf, diese Handlung einzuleiten. Er redete mit Merle in einer winkeligen Ecke auf einer harten Holzbank. Er sagte, er könne keiner Frau lange in die Augen sehen. Sie sagte, verziert mit ihrem Grübchen, dass er ihr aber schon ziemlich lange in die Augen sehe und dann war er soweit: »Ich weiß nicht, aber es ist doch irgendwie ziemlich komisch, was ich hier erzähle und ich möchte Karl auch nicht wehtun, aber ich glaube, ich möchte Dich jetzt küssen.« Merle lächelte verständnisvoll. Und es geschah. Merle holte noch zwei Bier und es geschah noch einmal. Markus brachte sie nachhause und es geschah lange vor ihrer Haustür und Merle sah ihn an, als könne sie ihn verstehen. Markus küsste sie und küsste sie nochmal und stand irgendwann mit ihr in einem schmutzigen Wohnungsflur und zeigte auf ein graues, altes Telefon, das dort stand, während es hell wurde und er sagte dramatisch, mit dem Zeigefinger deutend: »Dieses Telefon wird klingeln!« (denn er hatte ihre Telefonnummer, als er sich auf sein Rad setzen wollte und es dann doch nur schieben konnte).

Manche Nächte vergehen wie alte Verheißungen, deren Erfüllung wir nur noch trunken vollziehen. Im Tran trug sich Markus nachhause, mitten im Geschehen und Geschehenen. Halb bewusstlos und halb im Bewusstsein von etwas Bedeutsamem, warf er sich, irgendwie, in sein Bett und schlief sofort tief ein.

SECHS

Aus tiefem Schlaf erwachte Markus am Mittag. Vereinzelte Lichttupfer fielen durch das schlierige Fenster in den Raum. Markus begann schrittweise sich zu einem bestimmten Individuum an einem bestimmten Punkt seiner Historie zu organisieren. Jede Vergangenheit verändert die Gegenwart und Markus sah sich mit zunehmendem Urteilsvermögen mit entsprechend zunehmender Vergangenheit behaftet. Er trat vor den Spiegel seines kleinen Bades und sagte: »Mannomann!« Während der letzten Nacht hatte er ziemlich viel Vergangenheit gehabt. »Erstmal Kaffee jetzt« riet er dem unwachen Kopf im Spiegel, der ihm synchron halb entschlossen zunickte. Ein Pop-Stück sang: »I feel so extraordinary« und augenblicklich wusste Markus, wie er sich fühlte. »Something's got a hold on me«, und Markus fühlte sich irgendwovon getragen und dann war wirklich der Tag gekommen, an den er eigentlich nicht mehr geglaubt hatte: »I used to think that the day would never come, that my life would depend on the morning sun«. Vielleicht war sein Leben wirklich in »die« bessere Bahn geraten. Ihm schien alles leichter zu gehen und als er seinen Kaffee trank, konnte er nur diese Nacht für seinen Zustand verantwortlich machen. Die schmutzige Sonne, die bis gestern nur dazu da gewesen war, ihm seine Unzulänglichkeit zu beleuchten, warf nun Unschuldsflecken süßen Lichts auf das Linoleum, als wolle sie es trösten. Markus war gerührt. Tränen gerieten in seine Augen und während sie sich lösten, war er mit einem Mal ganz allein.

Als er an Merle dachte, weil er wollte, dass sie bei ihm

war, dachte er an Marmor, an steinerne Verbindungen. Ich gehe steinerne Treppen aufwärts, dachte er, und ich komme nicht an. Und er spürte die Kälte des Marmors. Merles Augen ruhten auf ihm, beruhigten ihn und er ging in ihren Blicken, eingeschlossen. Er war ruhig. Er verließ sein Zimmer. Er ging allein, und er spürte Merles Nähe, durch die Wohnblocks, weiter zum Wald. Ihm schwindelte. Die Baumgrenze schien zurückzuweichen. Die flache Welt wurde tief. Wo kann ich mich festhalten. In mir nur graublaue Augen. Die Tiefe der Perspektive wie ein Abgrund. Der Abstand zwischen der Welt und mir. Seltsam geräuschlos hatte sie ihn erkannt und sie ging neben ihm. Seltsam geräuschlos. Zuhause in einer unaufgeräumten Welt. In einem provisorischen Zustand ist Markus' Leben. Passt er hier hinein? In diesem Raum fühlt er sich fremd. Eine Ordnung der Tiefe, wie muss er sein, graublaue Murmeln, damit dieser Raum tief wird. Das Telefon schnarrte:

»Nonhoff?«

»Hello, this is Claudia« (das konnte nicht sein, sie musste deutsch geredet haben)

»Hallo, Claudia«

»Ja, also, es tut mir leid, dass ich schon wieder was ändern will, aber wir waren doch eigentlich um neun im »Tiger« verabredet gewesen, oder?«

Ihre Stimme war so weich!

»Ja«

»Ja also ich wollte dir was vorschlagen, aber nur, wenn du nichts dagegen hast.«

»Ja?«

»Also, ich wollte dich fragen, ob du Lust hast, noch mit

ins Kino zu kommen. Da läuft ein Film, der ganz gut sein soll. ›Tiger Löwe Panther‹ oder so heißt der, wir müssen dann aber schon um Viertel vor acht da sein. Also der andere Markus möchte da gerne mit mir rein...«

»Aha? Du meinst wahrscheinlich doch diesen..., wie nennst du ihn noch?«

»Ach so, ja klar, du weißt ja, dass er Safti heißt.«

»Na eben, ich kenn' dich ja schon ein bisschen. Na ja, klar, gehen wir eben mit Safti ins Kino, ist schon o.k., wenn du Lust dazu hast.«

»Und du bist auch nicht sauer?«

»Nee, ist schon o.k., Claudia, wir können danach ja immer noch ins »Tiger« gehen, oder?«

»Ja, klar!«

Ihre Stimme überschlug sich ein wenig, wie es manchmal bei jungen Frauen geschieht und Markus mochte das sehr

»Also, wir treffen uns dann um viertel vor acht am Kino, ja?«

»Ja, das ist nett von dir.«

»Ach, keine Ursache.«

»Bis dann.«

»Bis dann.«

Er bekam eine angedeutete Erektion und legte auf.

Ach, Claudia.

Die Transzendenz der tiefen Welt war aufgehoben, alles begann wieder zu explodieren, es war doch ganz egal, ob etwas tief oder flach oder alles gleichzeitig war, Hauptsache, es war Rock'n'Roll und Claudia war genau das. Sie überfuhr einen, aber mit Tonnen süßer Qual. Sie knipste einfach die Sterne an, was brauchte er da noch sein zweifelhaftes Raumempfinden?

Ach, Claudia!

Sie wühlte ihn sofort wieder auf, als sie vor ihm stand: großäugig, weichlippig. Safti hatte auch noch jemanden mitge-
bracht, vielleicht als schuldbewussten Ausgleich: eine kleine Dunkelhaarige, eine angehende Cellistin, die Markus skeptisch ansah.

BESSER DEN SPATZ IN DER HAND ALS DIE TAUBE AUF DEM DACH, blitzte es durch Markus Gehirn, aber er wusste momentan damit nichts anzufangen.

In den plüschenen Kinosesseln saß links Safti, dann die andere Frau, dann Markus und, weil sie neben ihm sitzen wollte: Claudia. Es dunkelte und es flimmerte auf ihren Körper, ihren Unterarm auf seiner rechten Lehne, der aus dem Stoff eines selbstgeschneiderten Seidenhemdes gerutscht war, ihre schöne Mädchenhand, deren Anblick seine Hand feucht machte. Er konnte sich kaum auf den Film konzentrieren. Er fühlte sich in jeder Hinsicht gebremst, gehemmt und unfrei. Er war zu 90 Minuten Warten verurteilt, um dann womöglich immer noch nicht mit Claudia alleine zu sein. Er fühlte sich zu beobachtet, um ganz beiläufig Claudias Hand zu berühren. Vielleicht hatte sie das auch beabsichtigt. Und der Film, soviel er davon mitbekam, war ihm ein vollkommenes Ärgernis. »Es gibt nirgendwo auf der Welt auch nur einen Menschen, der sich so verhält, so redet, seine Wohnung so einrichtet, wie es diese nachgemachten Menschen unablässig den ganzen Film über getan haben. Diese Leute sind alles unglaubwürdige Kunstfiguren, die von irgendwelchen Werbefritzen, die sich einbilden zu wissen, in welchem Geist junge Leute heute leben, frei erfunden worden sind. Ich hab mich noch nie so gelangweilt.« Claudia hätte Markus vielleicht nicht fragen sollen, wie er den Film fand. Sein Gesicht war von Ekel entstellt, als er vor dem Kino stand, und jäh überrumpelt, glotzten ihn die drei Jüngeren an. Die kleine Cellistin schien sich spätestens jetzt endgültig überflüssig zu fühlen. Geheimniskrämerisch lächelnd, äußerte sie, dass sie nun auf jeden Fall nachhause müsse. Sie war schneller verschwunden, als man begriff, dass sie überhaupt da gewesen war.

»Und? Gehen wir jetzt noch ins ›Tiger‹? Passend zum Film?« Irgendwie aufsässig war Markus diese Frage entfahren, obwohl er nur witzig sein wollte. Claudia meldete: »Ja, oder?«. Sie sah Safti geschwisterlich an und fügte hinzu: »Aber du kommst doch mit, oder?« »Ja, klar, auf ein Bier!« Nichtraucherstimme, Sportlerlunge, jung, durchtrainiert, zurückhaltend und hoffnungslos verliebt. Wahrscheinlich hatte er ihr versprochen, mitzukommen. Was war für sie eigentlich so gefährlich an Markus, wenn sie doch so gefährlich war für ihn? Eben genau das?

An der »Tiger«-Theke: Links sie mit Weizenbier, in der Mitte Markus mit Weizenbier (Weizenbier sieht immer irgendwie spießig aus und nach Bierbauch und Alkoholismus), rechts Safti mit kleinem Pils (kleines gezapftes Pils sieht immer nach Anstand aus, nach: »halb besoffen ist rausgeschmissenes Geld«), tapfer und im Abseits. Markus hatte Probleme, auf dem Hocker seine Balance zu finden. Seine Hände fanden keine Ruhe, denn nebenan war Claudia. Er wühlte in der Jacke nach seinem Tabak. Zufällig entdeckte Markus eine kürzlich zusammengestellte Musikcassette. Claudia wollte sie unbedingt hören. Das Mädchen hinter der Theke steckte sie lächelnd in den Recorder: Alice Cooper: »I Wanna Be Elected« und so weiter, aufgewühlter Teeniekram. Claudias Augen leuchteten: »Ich kenn' das alles gar nicht. Aber ich find' die Musik geil.« Wenn unschuldige Mädchen *geil* sagen..., dachte Markus. »Könnte ich bitte noch ein Hefe ...?« Safti, rechts, wurde stiller als still, wenn das überhaupt möglich war. Langsam begann er, Markus leidzutun. Claudia hatte ihre Redseligkeit wiedergefunden und plätscherte weich an sein Ohr, während ihr Körper in jeder Bewegung Biegsamkeit verströmte und eine Locke sein Ohr unablässig kitzelte. Kurz bevor Safti versteinerte, zog dieser es dann doch vor, sich zu verabschieden, kühl gegenüber Markus und mit dem Anflug eines ritterlichen Augenaufschlages Claudia gegenüber, voll selbstloser Treue und Leidensbereitschaft. Da nahm er sie mit: seine adrette Frisur, seine wie maßgeschneiderte Blue Jeans, seine Vernunft und Sensibilität ausdrückende, braune Wildlederjacke, und verließ das Lokal, indigniert, jedoch würdevoll.

Die ersten beiden Weizenbier hatte Markus gebraucht, um seine unruhigen Hände einigermaßen unter Kontrolle zu bekommen, während er mit mühevoll unterdrückter Hingabe an Claudias Lippen hing, die jetzt ganz ausschließlich für ihn sprachen, samtene Worte formulierten, deren Inhalt ihm entging, denn er hatte genug damit zu tun, sich zu beherrschen, nicht laut aufzuseufzen, wenn ihr Gesicht, wegen der lauten Musik, so nahe war, dass er den Duft ihrer Haut atmete, wenn ihre Blicke sanft sein Gesicht benetzten, es nachzeichneten. Schwindelig und benommen war er zum Bersten gefüllt und kon-/nte nichts sagen, nichts tun, ließ sie plappern, irgendetwas über ihren Vater, den Alkoholiker, über die Scheidung ihrer Eltern, über ihre schwere Kindheit, über ihre Nenntante, über... Er fiel in das Blau eines wolkenlosen Himmels, sobald er in ihre Augen sah. Mit einem Mal fühlte sich Markus völlig überfordert. Diese Frau war zu gelungen, zu schön, zu erotisch für ihn. Womit sollte er ihrer Vollkommenheit entsprechen können? Er, mit seinem linken Bein, das seit dem Unfall aussah wie ein Krummsäbel. Er mit seinen Nikotinfingern. Er mit seiner Bierfahne. Wie sollte sein mangelhafter Körper ihrem perfekten Leib jemals die Lust bereiten können, die ihn sättigen würde, die ihm ebenbürtig war?

»Kann ich bitte noch ein Hefe haben?« Claudia lächelte ihn nachsichtig an: »Ich trinke auch noch eins, aber dann muss ich nachhause.« Er würde sie nie befriedigen können. Er würde in ihren Armen versagen. Er würde immer zu früh kommen. Er würde sich für seinen Körper schämen. Er war zu dünn, er war zu makelhaft. Er würde daliegen mit seinem entblößten, hässlichen Körper und dumm grinsen. Sie würde ihn verständnisvoll trösten, aber sie wäre unbefriedigt. Die Nachsicht unbefriedigter Frauen. Was kann es Quälenderes, Einsameres geben für einen versagenden Mann? Markus sog schnell an seinem Bier, während sie redete und redete und er nichts begriff.

Erst draußen, an der Luft, zwischen ihnen die Räder,

fand er genug Abstand, sich zu artikulieren.

»Ich bin im Moment in zwei Frauen verliebt.«

»Was?«

»Ich habe mich in zwei Frauen gleichzeitig verliebt.«

»Oh, das freut mich aber für dich.«

»Ja ja, es gibt da nur ein Problem. Die eine von den beiden bist du.«

Sie hatte es geahnt. Zum ersten Mal sah er in ihrem Gesicht einen Ausdruck ernsthafter Nachdenklichkeit. Ihre mädchenhafte Leichtigkeit war mit einem Schlag verschwunden und er spürte, dass er ihr nahe getreten war. Auf einmal war sie eine Frau, der es um ihr Herz ging. Aber das war gut so, jetzt machte sie ihm nichts mehr vor.

»Ich mag dich auch, und zwar sehr gerne, aber ich bin eigentlich noch nicht so weit, mich neu zu verlieben. Ich bin noch nicht richtig mit Ricardo fertig, obwohl wir schon ein Vierteljahr getrennt sind.« Ihre Stimme war fester geworden und klarer. Zum ersten Mal wurde Claudia für ihn hörbar.

Eine Pause entstand.

»...Und? Wer ist die andere?«

Markus bereute, dass er die andere überhaupt erwähnt hatte.

»Ach, das ist eigentlich eine Freundin von einem Bekannten, den ich gestern besucht habe. Ich weiß auch nicht. Wir waren zu dritt weg gestern und irgendwie haben wir dann später noch rumgeknutscht, als er gegangen war. Ich weiß auch nicht, wie das passiert ist.«

»Gestern?«

»Ja.«

»Aha.«

Er schien sie wirklich getroffen zu haben.

»Weißt du, ich bin aber schon so lange in dich verliebt, hast du das nicht gemerkt? Und immer wieder wollte ich dir das zeigen und immer kam etwas dazwischen und deshalb war ich schon ziemlich fertig in der letzten Zeit und gestern das... Ich weiß nicht, ich glaube, das war einfach nur so ein Ausrutscher mit Merle ...«

»Merle?«

»Hm.«

»Wirst du sie wieder sehen?«

»Ach ich glaub nicht, sie ist ja auch mit Karl zusammen, und so.«

»Aber verliebt bist du schon in sie?«

»Na ja, was heißt verliebt, ich kenne sie ja eigentlich noch gar nicht«

Claudia schwieg nachdenklich, ohne ihn anzusehen. Beide schoben ihre Räder weiter, nur um mit dem Letzten fortzufahren, das bis eben noch unverbindlich zwischen ihnen gewesen war. Dann begann sie wieder halb beiläufig zu sprechen:

»Nächste Woche Sonnabend ist eine Fete bei einer Freundin von mir. Ich fände es schön, wenn du mitkommen würdest. Da sehen wir uns mal in einem anderen Rahmen. Du musst mir auf jeden Fall ein bisschen Zeit lassen. Wir kennen uns ja eigentlich noch kaum.« »Ja, eigentlich hast du Recht, wir kennen uns noch kaum...«

»Was?«

»Ach nichts, – hier musst du nach links oder?«

Sie hatten jetzt eine bronzene Plastik, die hüfthohe Nachbildung einer altertümlichen Spielzeuglokomotive, genau zwischen sich. »Weißt du, dass ich sehr in dich verliebt bin?« sagte Markus nun.

»Wie kannst du das denn so genau wissen, wir haben uns bisher doch nur dreimal getroffen?« Der Klang ihrer Stimme war jetzt klar und weich. Ihre Augen schimmerten.

»Aber was ich von dir kenne, reicht mir, um sehr verliebt in dich zu sein.« Seine Hände überquerten den Rücken der Lok. Er nahm ihren Kopf vorsichtig und küsste ihre Lippen. Sie legte einen Arm um ihn, und dann, zwischen ihren Leibern das kalte Metall, öffnete ihre Zunge seinen Mund. Scheu tastend und fremd teilte sie sich mit. In einer wortlosen Sprache, in einer anderen Welt sprach sie zu ihm, deren Anblick ihm die Augen verschloss. Markus verschwand in einem Tunnel aus zwei Mundhöhlen. Er war entsetzt von der Schönheit dieses Kusses. Er existierte nicht mehr. Oder das, von dem er meinte, er sei es, existierte nicht mehr. Sie standen ungelenk über die Lokomotive gebeugt, öffneten die Augen, erkannten sich kaum wieder und lösten ihre Umarmung in zärtlicher Verlegenheit.

Ab jetzt gab es etwas, für das er alles fahren lassen konnte, seinen eigenen Namen vergessen, etwas tun, ohne zu wissen, was es ist, etwas, was nie jemand zuvor getan hat.

Die milde Nachtluft schmeckte schon nach Herbst. Benommen fuhr er neben ihr her. Selbst Radfahren konnte sie besser als er. Wie ein Trottel saß er auf seinem Rad. Die Wirklichkeit eines Kusses hatte seine Illusionen zerstört, sie ersetzt durch wahrhaftige Schönheit, und nun wusste er nicht, ob er dem gewachsen war. Sie waren an ihrem Haus angekommen. Er versuchte, sie noch einmal zu küssen, aber Claudia brach den Kuss bald ab.

»Claudia, ich glaube, ich hab mich schon entschieden, für ...«

Sie legte ihren Zeigefinger auf seinen Mund: »Schhht. Das weißt du noch nicht!«

Taumelnd, spiralförmig stiegen Gefühle in ihm an, als er bergauf mit seinem Rad fuhr. Ein Rausch, der anwuchs, je höher er kam, aber auch, je weiter er sich von Claudia entfernte. Markus mochte nicht mehr denken, und er überließ sich den Wellen, die ihn sanft mitnahmen. Zuhause kroch er unter die Decke und schloss die Augen. Es war etwas geschehen, etwas Großes, das seine Wirkung hatte. Ein Augenblick erzeugte kreisförmige Wellen. Doch je weiter diese Wellen auseinander rollten, desto mehr entfernte sich das eine Gefühl, das sie ausgelöst hatte. Es blieben nur noch dessen Ausläufer, und jene durchlebte Euphorie und Erregung verflachten mehr und mehr. Ähnlich war es bald mit dem Erlebten selbst: Wie einem Nüchternen die Gedankengänge eines Berauschten fremd sind, so war Markus in Claudias Abwesenheit ihre Wirkung auf ihn nicht mehr recht erklärlich. Auch der Versuch, sie sich vorzustellen, geriet nur zu dem, was er noch vermeinte, von ihren Lippen zu spüren. Was blieb, war wie ein Flämmchen, das von einem lodernden Feuer übrig war. Er konnte, so sehr er es wollte, nicht wirklich festhalten, was geschehen war und die Wellen, die sachte über ihn dahinglitten, waren alles, was er noch besaß. Sie schwangen ihn in eine Welt, in der es keine Worte mehr gab für Empfindungen, die er sich sowieso nicht mehr erklären konnte. Das Flämmchen wurde kleiner und erlosch, wie eine Kerze, spät in der Nacht, von ihm, dem tief Schlafenden, unbemerkt.

SIEBEN

Als Markus am späten Montagnachmittag zur Abendschule fuhr, musste er an der kleinen Lokomotive vorbei, direkt durch die Fußgängerzone der Stadt. Erst jetzt, als er sein Rad hier schob, war ihm Claudia, die letzte Nacht, der Kuss und die Umarmung wieder ganz gegenwärtig. Mochte auch alles in seiner Gänze noch so unwirklich gewesen sein, diesen Moment würde er nicht mehr vergessen. Dieser kleine Moment allein bedeutete für ihn das, was für ihn wirkliches, essentielles Erleben ausmachte. Und dieser Augenblick war es noch immer wert, dafür zu leiden, dafür zu kämpfen, dass sich ihm eine Reihe genauso essentieller Augenblicke zugesellten. Und wenn sie nur durch Claudia entfesselt werden konnten, dann war die Entscheidung getroffen. So blitzte die Erkenntnis mit Urgewalt in ihm auf, als er sich wieder auf sein Rad schwang, um die Randzone der Kernstadt zu durchqueren.

Wieder wie benommen, annähernd religiös durchpulst, war er kaum in der Lage, zu erschrecken, als er am Straßenrand unter einem Sonnenschirm auf Plastikstühlen sitzend, Merle und Karl erkannte, die hier im Rahmen eines Straßencafés die septemberlich abgeschwächte Form einer Nachmittagssonnenbestrahlung nutzten, wohl um mehr Licht in deren Verhältnisse scheinen zu lassen.

Er sah Karl, Karl sah ihn, er sah Merle, auch sie sah ihn, und währenddessen bewegte sich unablässig die Szene auf ihn zu, denn sein Rad war weiter in Bewegung und es sah keine Veranlassung, sein Tempo merklich zu verlangsamen.

Offen gestanden, sah Markus selbst genauso wenig Grund hier Halt zu machen und nach dem Befinden oder etwas ähnlich Kränkelndem zu fragen. Es blieb bei einem schuldbewussten Gruß, den er in Merles Blickfeld hinnickte, während er vorbei fuhr. Erst dann fühlte er, wie gerade eben noch Merles aufgeschreckter Blick sich für den Bruchteil einer Sekunde auf ihn gelegt hatte, und wieder hatte sich ein Anflug der alten Gleichmut und der Sicherheit bei ihm eingestellt, so sehr sich auch der Lokomotivenrausch dagegen gewehrt hatte.

Es interferierten hier Schwingungen, die völlig verschiedener Natur und Ausprägung waren. Die eine versuchte, die andere zu tilgen, und zusammen ergaben sie nichts als einen undechiffrierbaren Informationstumult. Es galt, jeden Sender einzeln für sich genauer zu untersuchen, um zu klären, welcher das Lieblingsprogramm gestaltete, oder aber, dachte Markus, die Augen scharf zusammen kneifend, als er in den Schulhof einrollte, oder aber, es müsse eine Programmzeitung beschafft werden und eine kluge Auswahl der besten Ausstrahlungen beider Kanäle und deren Abstimmung auf einander erfolgen. Es schauderte Markus, als er sein Fahrrad vor der Abendschule ankettete und sich der Raucherecke zuwandte.

Schon von fern hatte er das raue Lachen Babettes gehört, die stets ihren grauen Schulalltag mit schwarzem Humor zu bewältigen suchte, was zur Angerührtheit (sei es abgeneigter oder zugeneigter Art) der Schulkameraden führte. Markus selbst zählte sich eher zu den positiv Angerührten (nebenbei gesagt, wäre er auch sonst wohl kaum mit ihr ein Lotterbett gefallen, wie noch vor Jahresfrist geschehen). Babette, nachdem sie gerade einen Scherz in die Runde platziert hatte, nahm Markus nun streng ins Visier, und sagte, ihre Neugier schlecht verbergend, laut und gedehnt, sodass die drei anderen Anwesenden aufmerkten: »Man hat dich gesehen! Hmja! In ein Gespräch vertieft! Am Samstag! In der ›Peripherie‹. Zusammen mit 'nem Blondchen! Hmja! In ein Gespräch vertieft! Den gaaanzen Abend. Tjaaah!« »Soso!« parierte Markus. Heute war Babette mal wieder eher nicht gerade sein Fall. Wer soll mich denn da gesehen haben? »Detlef! Und du sollst überhaupt nichts anderes mehr wahrgenommen haben. Hattest wohl so eine Art Tête-à-Tête, hmm?« Für einen Moment lang fühlte sich Markus dieser Situation nicht mehr gewachsen. Verwirrt entfuhr es ihm: »Moment, wie sah die denn aus? Hatte die kürzere lockige Haare oder längere glatte Haare, oder wie?« »Lange blonde Haare, was weiß ich, ich war ja nicht dabei ...«, brummte Babette betont gelangweilt. »Ach so, ja dann weiß ich«, kam es halblaut und vergrübelt von Markus, der ja auch weißgott genug seelisch und geistig zu bewältigen hatte, so dass es schon passieren konnte, dass er das eine oder andere triviale Detail seiner jüngeren Liebesdramatik schlichtweg durcheinander brachte.

Es war ihm nicht aufgefallen, dass gerade seine eigene Verwirrung der gerade stattfindenden Szene das Prekäre genommen hatte. Wenn sich niemand wirklich ertappt fühlt, weil er selbst gar nicht mehr so genau ordnen kann, was er mit wem verbrochen hat, kann man ihm auch kaum die Schamesröte auf die Wangen treiben. Babette wusste nicht mehr so recht, wie sie weiter sticheln sollte, die Umstehenden spürten die Vergeblichkeit, auf weitere Sensationen zu hoffen und begaben sich in den ohnehin nun beginnenden Unterricht. Zerstreut schloss sich Markus ihnen an und er ließ Babette stehen, die sich darüber ärgerte, dass sie keine Lacher hatte ernten können. Sie warf Markus einen bösen Blick aus ihren leicht hervorstehenden Augen nach, den er schon gar nicht mehr bemerkte.

Markus bemerkte auch die nun folgenden zwei Deutschstunden, die zwei Lateinstunden, die große Pause und schließlich die zwei Physikstunden kaum. Stattdessen dachte er darüber nach, was wohl gerade dort draußen in der Stadt zwischen Merle und Karl passierte, worüber sie wohl gesprochen hatten im Straßencafé und was wohl das Ergebnis gewesen sein mochte. Darüber hinaus fiel ihm auf, dass er Merle eigentlich noch überhaupt nicht kannte, viel zu wenig jedenfalls, um sich weiter Gehendes mit ihr ausmalen zu können. Er wusste von jenem beruhigenden Gefühl, das er in Gedanken an sie hatte und von der nebulösen Anziehung, die sie auf ihn ausübte, aber er wusste ja noch gar nichts von ihr. Diese Samstagnacht war ihm insgesamt kaum mehr gegenwärtig, besonders was die Details betraf, und es war ja wohl sowieso mehr auf der körperlichen Ebene kommuniziert worden zwischen ihnen, oder nicht? Er musste Merle kennenlernen, bevor er wissen konnte, was er von ihr wollte. Dass ihm das nicht schon eher eingefallen war!

Nach Schulschluss ging Markus geradewegs zur Telefonzelle vor der Schule und wählte ihre Nummer. Er fand merkwürdig, dass er dabei keine Aufregung verspürte.

Auch als tatsächlich Merle abnahm, löste das in ihm keinen Adrenalinstoß aus. Beinah geschäftsmäßig verabredete er mit ihr, gleich um kurz nach Zehn bei ihr zu klingeln. Merkwürdig, wie brüchig ihre Stimme klang. Er hatte ihre Stimme voller in Erinnerung. Irgendwie passte ihre Stimme nicht zu ihrem Aussehen oder einfach nicht zu dem Gefühl, das er hatte, wenn er an sie dachte.

Es war kühl. Markus war froh, dass er sich heute die dickere Jacke angezogen hatte, als er die paar hundert Meter zu ihrem Haus radelte, das er tatsächlich gleich wieder fand. Zur Begrüßung im Hausflur gab es keinen Begrüßungskuss. Und Merle sah heute irgendwie anders aus. Ihre Haare hatte sie zu einem Pferdeschwanz zusammengebunden und unter ihrem Pony wirkte ihr Gesicht rundlicher als sonst. Ein großer, brauner Hund bedrängte Markus, als er in das Zimmer trat. Ein abgestandener Geruch lag in der Luft. Das Zimmer war groß und Merle erschien ihm klein und schüchtern. An den Hund erinnerte er sich erst jetzt wieder. Vor ihm hatte er schon in der anderen Nacht Respekt gehabt (Immerhin hatte er ihn nicht gebissen, als er sich mit Merle auf dem Fußboden gewälzt hatte. Hatte er sich wirklich mit Merle auf einem Fußboden gewälzt, der, wie es aussah, nicht allzu sauber gewesen sein konnte?). Es roch nach Hund und der Teppichboden war voller rotbrauner Hundehaare. Eigentlich mochte Markus keine Hunde. Da sagte Merle, sie wolle spazieren gehen, zum Stadtsee. Mein Gott, dachte Markus, es ist bald elf und es ist stockdunkel und der Stadtsee war um diese Uhrzeit bekannt als beliebter Treffpunkt für Vergewaltiger und Frauen, die immer noch glaubten, ihnen könne eine Vergewaltigung niemals widerfahren.

»Meinetwegen«, sagte Markus, als er die Dringlichkeit in Merles Gesicht bemerkte, mit der sie ihren Wunsch ausgesprochen hatte (aber er war schließlich auch keine Frau).

Warum eigentlich komme ich mir immer wie ein Trottel vor, wenn ich neben Frauen gehe, die mir was bedeuten, dachte Markus, als sie den Stadtring direkt vor ihrem Haus überquerten. Aber mit jedem Schritt verstärkte sich sein Eindruck, dass sie im Gegensatz zu Samstag auch ziemlich unsicher war, und das wiederum nahm ihm einen Teil seiner Unsicherheit.

Nun begann Merle zu berichten, was geschehen war. Karl sei »stocksauer«, Karl wolle Markus »eine reinhauen«! Ach du Scheiße, dachte Markus für einen Moment, vielleicht sollte er sich doch lieber für Claudia entscheiden. Das könne er aber schon verstehen, sagte Markus, er selber sei schließlich auch ein eifersüchtiger Typ, nur würde er nicht auf die Idee kommen, dem Rivalen etwas zu tun (dazu hatte er nämlich keinen Mut, was er Merle aber vorläufig verschwieg). Außerdem sei ja auch die Frau dafür verantwortlich, wenn sie sich mit fremdem Männern abgebe und überhaupt könne man doch heutzutage Konflikte dieser Art nicht mehr mit Duellen lösen, das sei doch klar. Aber er würde das verstehen, eifersüchtig sei er nämlich auch sehr, überhaupt sei das immer schon eines seiner Hauptprobleme in Beziehungen gewesen, obwohl, gerade in der letzten Beziehung, die (und das betonte er) auch schon über zwei Jahre her sei, seine Eifersucht schon eine gewisse Berechtigung gehabt hätte, denn sie, seine Freundin, habe »tausend Männer« gekannt, und einmal habe sie ihn auch »regelrecht belogen«

und ihm verschwiegen, dass sie drei, »jawohl drei Nächte hintereinander mit einem ›Wolfgang‹ verbracht hatte«, und das wiederum nicht ohne sexuelle Kontakte. Und seitdem wäre ihm auf jeden Fall Ehrlichkeit das Allerwichtigste! Aber in jedem Fall wäre es ja so, dass sie sich erst mal kennenlernen müssten und dass man so einen Vergleich als Mann auch schon aushalten können müsste (nicht ums Verrecken hätte er, Markus, so einen Vergleich ausgehalten, wie ihn Karl gerade aushalten musste), aber er könne das schon verstehen, wenn Karl sauer sei, hoffentlich würde er ihm aber keine reinhauen, ob das denn so wahrscheinlich wäre, dass er das tun könnte?

Merle glaubte offenbar nicht so recht daran, aber sie ließ einen Grad von Wahrscheinlichkeit offen, so genau wisse sie es nicht, und dabei betrachtete sie aufmerksam, wie Markus aussah, als er das hörte.

Beim See angekommen, der dunkel hinter vereinzelten Baumgruppen schimmerte, fragte er, ob sie nicht langsam wieder umkehren sollten. Es sei ihm doch nicht so geheuer hier, nirgends eine Menschenseele und …

Merle war völlig uneinsichtig. Wenn man schon mal hier sei, müsse man den See auch umrunden. Zweifelnd sah sie ihn an, der offensichtlich schon jetzt dabei war, aktiv am Verfall eines etwaigen Ansehens bei ihr zu arbeiten.

Na gut, meinetwegen, dann weiter. Um nochmal anzuknüpfen: Er wisse ja eigentlich auch nicht genau, was er von ihr, Merle, wolle. Er sei ja, wie er ihr, so glaube er, ja schon vorher mitgeteilt habe, ursprünglich in Claudia verliebt gewesen, nur habe er den Eindruck, dass das nicht so einfach mit ihr sei, sie sei ja noch so jung, zwanzig, und in mancher Hinsicht noch nicht gefestigt, aber verliebt sei er trotzdem, aber nun sei ihm sie, Merle, dazwischen gekommen und nun wisse er gar nicht mehr genau, was er wolle (Markus geriet immer mehr ins Fabulieren, ohne dass er es richtig bemerkte. Er hatte schon immer dazu geneigt, in heikleren Gesprächssituationen keine Pausen entstehen zu lassen. Und Merle war besonders jetzt so still, dass er nur immer mehr redete, und je mehr er redete, desto wirrer redete er, aber je wirrer er redete, desto genauer hörte Merle zu). Eigentlich passe eben Claudia nicht zu ihm, das sei schon ziemlich wahrscheinlich, es ginge ja schon ziemlich lange mit ihnen, ohne dass sich etwas Vernünftiges entwickelt hätte und außerdem, meinte er, sei es ja auch in Ordnung, wenn er sich »die Wahl offen lassen würde«, sie, Merle, wisse ja wohl auch noch nicht so genau, was sie nun wolle und ... »Aber«, kam die zurückgenommene Stimme Merles unvermittelt von der Seite, »irgendwann musst du dich doch auch schon mal entscheiden.« Endlos würde sie, Merle, dann auch nicht warten wollen.

Eine Pause entstand.

Was sollte das sein? Eine Forderung? Bisher hatte die ganze Sache doch nur in seiner Hand gelegen, und jetzt kam da eine Erwartung von außen, von einem seiner »Sender«? Ein Sender, der offenbar auch empfangen konnte, der offenbar auch ihn wahrnahm, dem er selber offenbar auch etwas zuspielte, ein Programm, und dem es offenbar wichtig war, auch noch ein bestimmtes Programm von ihm zu empfangen, oder wie? Es hätte doch vollends gereicht, wenn er, Markus, all die Sendungen, Wellen, Schwingungen, Programme, die er empfing, auswählte, ordnete, abstimmte, zusammenstellte, deutete, genoss oder auch nicht. Er hatte weißgott genug damit zu tun, sich mit den Reizen und Vibrationen seiner Umwelt auseinanderzusetzen. Und nun war da diese sich immer zurücknehmende Merle, blass, am schwarzen See, neben ihm auf einer Bank. Sie erwartete etwas von ihm und sah ihn an, mit brüchiger Stimme.

An den Büschen klebte es feucht, und dunkelgrau bewölkt war der finstere Himmel und nur halb hörte Markus, was Merle nun sprach. Denn sie hatte nun begonnen zu sprechen. Es kam wie von ferne: Merkwürdige Erzählungen, als sei es eine andere, von der sie sprach, aber es waren offenbar ihre eigenen Erlebnisse. Eine Frau, die nie eine Pause gemacht hatte zwischen ihren Liebesaffären, die sich meistens noch nicht verliebt hatte, wenn sie eine Beziehung anfing, die immer in die Beziehungen hinein geriet, »weil es sich so ergab«, die auch nie eine Beziehung beendet hatte, ohne dass sie mit einem »Neuen« etwas angefangen hatte, die irgendwann in jeder Beziehung unausstehlich wurde, wie sie es nannte, die irgendwann anfing, gewisse »Eigenschaften« ihre Freundes zu »hassen« und deswegen schließlich ihn hasste, und die, kurz gesagt, einfach gemein wurde am Ende einer »Beziehung«. Merle sprach darüber so sachlich, als sei alles, was sie da immer selbst getan und gefühlt hatte, doch gleichzeitig von ihr selbst in keiner Weise steuerbar gewesen, als sei es unabwendbar gewesen und mit einem gewissen resignierten Gleichmut hinzunehmen.

Eine reflektierte Verbindung zwischen ihr und dem, was sie da tat oder getan hatte, zwischen ihren Handlungen und ihren Gedanken oder Gefühlen, war Merle nicht anzusehen. Sie berichtete, sachlich, zurückgenommen, ironisch gefärbt, gräuliche Geschichten. Geschichten davon, wie sie mit Männern zusammen gewesen war, die sie nicht liebte, diese Männer leiden ließ, und, wenn es wieder soweit war, zum Nächsten wechselte, der auf der Bildfläche erschien. Das alles gab sie höflich lächelnd zum Besten, anscheinend davon überzeugt, dass sie selbst ihr eigenes dunkles Schicksal verkörpere, welches zu ertragen sie wohl irgendwann kapitulierend beschlossen hatte.

Sie sprach von mindestens fünf Freunden, die sie unterschiedslos, weil ohne erkennbare Anteilnahme, beschrieb. Sie sprach von fünf Beziehungen. Darin gab es keinen Schmerz, keine Freude, keine Trauer, keine Leidenschaft, keine Reue; und es gab keine Merle, die diese Dinge empfunden hatte, oder es gab diese Merle, aber sie konnte diese Dinge nicht empfinden. Es war eine Fremde, von der sie sprach, als habe sie sie eingehend studiert, aber als sei sie außer Stande, der Anamnese eine Krankheit, der Krankheit eine Therapie zuzuordnen. Ihre wohlmeinenden, hübschen Augen sahen gelassen auf eine Chronik verbrannter Erde. So schien es.

Oder war das, was Merle hier präsentierte, so etwas wie Abgeklärtheit, Reife, Erwachsensein? Also das, womit Markus eher fremdelte? Merle hatte wortreich und brillant ihre seelischen Defekte vor ihm ausgebreitet. Defekte, die sie selbst als Defekte bezeichnete. Sie besaß zweifellos das intellektuelle Rüstzeug für eine schonungslose Selbstanalyse und einen so großen Abstand von sich selbst, um furchtlos geradewegs in ihr durchfurchtes Leben zu schauen und illusionsbefreit mit ihren Makeln behaftet zu leben. Doch es schien, während sie mit ihrem fahlem Gesicht da neben ihm ging und ihre langen, komplizierten und verschachtelten Sätze formulierte, als sei sie doch selbst zu schwach für die Last, als bliebe ihr nichts übrig, als weiter unter sich selbst zu leiden, unter dem, was sie immer getan hatte und immer wieder tun würde. Als bliebe ihr nur die Selbstdistanz und eine verzweifelte Belustigung angesichts des Dilemmas, das mit ihrem Namen versehen, in der Welt umtriebig war.

Der See war nun halb umrundet und sie befanden sich auf dem Rückweg. Markus hatte ihre langen Sätze nur gelegentlich mit kurzen Fragen unterbrochen, um sich dann wieder auf ihre Worte zu konzentrieren. Sie sprach nicht spontan, alles war wohlformuliert, und zugleich fragil und angespannt, wandelte diese Stimme neben ihm her, die aus diesem Körper kam, der Markus anzog. Er hatte den Wunsch, sie zu berühren, aber er spürte ihren Widerstand dagegen. Unter milchiger Haut schimmerten ihre Schlüsselbeine und weich kräuselten sich zwei dünne Locken in ihrem Nacken. Darüber das widerspenstige Kopfhaar, mit einem Band gebündelt, stand es ab vom Hinterkopf, einen kleinen Bogen nach unten beschreibend und schließlich büschelig auseinander fallend. Die feinen Haarspitzen vermeinte er wieder zu spüren, wie kleine Nadeln hatten sie ihn in der Nacht angestachelt. Ihr Leib zog ihn an, ihre Art hielt ihn zurück, aber ihre Zurückhaltung und ihre Kontrolliertheit ließen erken-

nen, dass da etwas war, das sich geben und sich verlieren
wollte.

ACHT

Zurück in Merles Appartement, trennte beide der breite Tisch aus Kiefernholz. Auf Holzstühlen saßen sie da nun, etwas verkrampft, und als wolle sie eine Art gefühlten Ausgleich zu dieser physischen Distanz herstellen, entnahm Merle ihrem wohlgeordneten Kühlschrank eine Flasche teuren Sekts. Diese Flasche sei ursprünglich für eine kleine Feier mit Karl anlässlich ihrer fertigen Magisterarbeit im Bereich Germanistik vorgesehen gewesen. Aber Markus hatte anscheinend alle Abläufe in ihrem Leben durcheinandergebracht. Etwas nervös hantierte sie in ihrer Wohnküche herum, bis die Gläser gefüllt auf dem Tisch standen, zwei heimelige Kerzen vor sich hin flackerten, und der aromatisch riechende, große braune Hund auch endlich aufgehört hatte, mit einer besessenen Genauigkeit den Geruchsspuren in Markus' Fuß- und Lendengegend auf den Grund zu gehen. Stöhnend lag das langhaarige Tier nun auf einer Decke, seinen resignierten Blick auf Markus gerichtet, so als sei es völlig ausgeschlossen, dass dieser Abend nicht katastrophal ausgehen würde.

Merle wirkte zunächst angespannt und unsicher, aber dann saß sie nach dem ersten Glas Sekt doch schön und warmäugig ihm gegenüber, die Beine zur Seite gewinkelt und übereinander geschlagen, die kleinen Füße in spitzen Schuhen, schwarz und hochgeschnürt, und als sein Blick nach oben glitt, entdeckte Markus erstmalig den Anflug eines zarten Doppelkinns. Der kleine Überhang schien ihm plötzlich wie ein Schlüssel für Merles Wesen. Das Verbindungsstück zwischen dem, was Merle eigentlich war und nicht sein konnte: Der Frau, die aus Körper, Affekt und Handlungsbedarf resultierte und der anderen Frau, die verstörte Zeugin dieser Resultate war, offenbar dabei häufig kleine Schokolade-Erdnuss-Riegel naschend um die Schockwirkung abzufedern. Ihr zweites Kinn war der Sitz ihrer Seele, hier, wo die Schokolade ihre Spur hinterlassen hatte, war der Ort, an dem sich Merles Gemüt einen bescheidenen Wohnsitz geschaffen hatte. Hier, in dieser kleinen weichen Wölbung kauerte es, Merles armes, verlassenes Ich.

Ein Gefühl der Empathie rollte über Markus dahin, während sein Blick verständnisvoll auf jenem aufschlussreichen kleinen Detail ihrer Physiognomie ruhte.

Ihre Stimme ließ ihn aufschrecken. Sie hatte etwas gesagt, und er musste nun fragen, was? Mütterlich lächelnd wiederholte Merle ihre Frage »Möchtest du noch Sekt?«, und da sagte Markus nicht nein. Überhaupt schien ihm ein Gedanke langsam Gestalt anzunehmen: Konnte er eigentlich ab jetzt überhaupt noch groß nein sagen zu Veranstaltungen irgendwelcher Art, die im Zusammenhang standen mit dieser komplexen, interessanten, blässlichen Person?

»Möchtest du noch Sekt?«, das hatte plötzlich warm, gar nicht mehr brüchig geklungen. Auf einmal fühlte er sich gut aufgehoben unter der Schirmherrschaft ihres graublauen Augenpaars. Aus derselben Merle, die so hart gegen sich sein konnte, sprach jetzt eine freundliche Aufmerksamkeit für Markus, so dass dieser heute zum ersten Mal den Eindruck bekam, dass, anders als die anderen, jedenfalls seine Person für sie von beträchtlichem Belang sei. Sie reihte Frage an Frage, sie interessierte sich für seine Gedanken und Gefühle, wollte alles über seine Geschichte wissen.

Der Hund hatte sich inzwischen zusammengerollt, seinen flauschigen Kopf zwischen die Vorderpfoten geklemmt, die Hundeaugen geschlossen, in seiner Ecke. Überanstrengt vom vielen Leiden war er einfach eingeschlafen. Erst jetzt fühlte sich Markus wirklich alleine mit Merle, und der perlende, hochwertige Sekt, die trauliche Kerzenstimmung und Merles Entgegenkommen ließen Markus nach und nach innerlich wachsen. Noch ein wenig ungeübt darin, im Mittelpunkt des Interesses zu stehen (seine psychologische Gesprächstherapie bei Frau Bräutigam lag inzwischen fünf Jahre zurück), aber umso dankbarer dafür, es nun endlich wieder zu tun, begann sich seine Lust auf Selbstdarstellung zu entfalten. Markus sprach von seiner langen, enttäuschungsreichen Suche nach sich selbst, von Fehltritten, Fehlentscheidungen, Depressionen, von Therapie und Rückfall, von einer Gonorrhöe und deren zermürbenden Folgen, und endlich sprach er dann auch von seinen bisherigen drei gescheiterten (denn jede beendete ist auch eine gescheiterte) Liebesbeziehungen.

Merle hatte im Verlauf seiner Exkurse immer freundlichere Augen bekommen, sodass sich Markus langsam in einen Taumel des Versagens hineinredete, um nach Möglichkeit noch ausgiebiger in den Genuss ihrer herzlichen, ja beinah bewundernden, Anteilnahme zu gelangen. Angeber und Erfolgsmenschen standen spürbar nicht hoch in Merles Ansehen, was Markus schließlich zu einer schonungslosen Selbstanalyse animierte: »Ich bin eigentlich völlig unfähig für eine Beziehung. Ich bin immer viel zu schnell eifersüchtig und ich mache damit praktisch immer alles kaputt. Und außerdem«, und hier guckte er besonders zerstört, »gibt es eigentlich überhaupt nichts, was ich wirklich kann. Eigentlich bin ich völlig langweilig.« In diesem Moment musste sich Merle endgültig in ihn verliebt haben. Mit einem nachgeschobenen Kleinjungenlächeln heischte er um Nachsicht für seine eher indiskrete Beichte. Merle dankte es ihm, indem sie überfloss. »Aber du kannst doch Klavier spielen?« – »Ach was, ich kann kaum mehr, als meine Schüler können« – »Aber du bist doch in der Schule gut?« – »Ja, es geht so, aber es gibt eigentlich kein Fach, in dem ich wirklich aufgehen kann, weißt du, kein Fach, von dem ich wüsste, dass es mein Fach wäre. Ich weiß auch nicht!«

Mit heruntergezogenen Brauen beglotzte Markus sinnlos die Maserung der Tischplatte. Dem war nichts hinzuzufügen. Sein Verlierer-Pulver war verschossen, ähnlich wie zuvor das ihrige. Nun galt es zu zeigen, dass und wie er in der Lage war, die mediokre Vergeblichkeit seiner ganzen Existenz mit heiteren Augen zu betrachten: »Na ja, was soll's?« Spitzbübisch lächelte er Merle an, die gerade noch gebannt unter dem Eindruck seiner überaus offenen Selbstentblößung, nun wieder von seinem Jungen-Charme überrascht wurde.

Jemand, der eingedenk seiner eigenen Ausweglosigkeit trotzdem noch so niedlich zu lächeln imstande bist, der weiß etwas, was ich nicht weiß, dachte Merle wohl. Sie stand auf, umrundete den langen Tisch und näherte sich Markus unaufhaltsam, der sie halb ängstlich, halb vorfreudig anstarrte: »Was kommt denn nun? Ob Karl das wohl gefallen wird, nach allem, was er gesagt hat?« – »Das ist mir egal«. Sie stand nun neben seinem Stuhl und schlang ihre Arme um seinen Hals und er stand auf und ließ sich umarmen. Und er umarmte sie. Ihre Münder trafen sich, ihre Küsse trafen Wangen und Ohren und wieder Münder, während ihrer beider Hände, bewusster als im kürzlichen alkoholischen Rausch, die körperlichen Verhältnisse des Anderen zu ertasten begannen. Ein Parfumoder Seifenduft deutete sich in Markus' Nase an, fein süßlich vermischte er sich mit dem etwas unbelüfteten Geruch, der Merles Pullover bewohnte. Irgendetwas an dieser eigentümlichen Komposition und die unmittelbare Nähe von Merles Doppelkinn erzeugten in Markus eine undefinierbare, tiefer reichende Zärtlichkeit, der er im weiteren Verlauf ungehinderten Ausdruck verlieh. In den Knien ein bisschen weich geworden, sank er rückwärts auf die Schreibtischkante, und da begann Merle ihn zu küssen, heftig, wendig und erfahren. Eben noch hatte er sagen wollen, dass er nicht einmal richtig küssen könne, da hatte sie ihm schon ihre Zunge in den Mund geschoben.

Nein, Monsieur Truffaut, rauben musste er hier keine Küsse, so viel war klar, gewisse Strategien, unauffällige Annäherungen, lange Wartezeiten, große Gelegenheiten, bevor man endlich einen Kuss nehmen und geben konnte, wie sie von Claudia bisher immer erwartet wurden, und wahrscheinlich wieder verlangt wurden, hier waren sie nicht nötig. Hier rollte der Rubel des Eros, mit einem rollenden »R« und so, dass darüber die Zeit verging, und tatsächlich quoll das gleichgültige Grau des Morgens durch die Oberlichter, ehe man es geahnt hatte.

»Also, ich würde ja schon gerne bei dir übernachten!«, murmelte Markus halb kleinlaut und halb vertraulich in Merles zartes, weißes Ohr, die, aus einer Art Versunkenheit erwachend, sich von seinem Leib losriss, den Morgen, den Mann, die Situation erfasste und sprach: »Nein, ich kriege ja schon genug Ärger, wenn ich nur mit dir knutsche, nein das kann ich Karl nicht auch noch antun.«

Merle weckte den Hund, vermutlich aus einem besonders spannungsgeladenen Traum (er hatte gerade leise in sich hinein gebellt, während seine Vorderläufe mit seinen Hinterpfoten um die Wette gezuckt hatten), war aber sofort bei der Sache, als Merle nur kurz mit der Hundeleine klimperte, und stand jetzt, seinen langmähnigen Schwanz heftig rudernd, vor der Zimmertür. Er stieß die Luft schnaubend und kopfschüttelnd aus, als wolle er niesen und stubste Merle, am ganzen Leib vibrierend, heftig mit der Schnauze an. Mit keiner Miene verriet er nur die kleinste Erinnerung an jene lange Nacht der Entsagungen, und der vormalige Unglücksbringer Markus war ihm auf einmal restlos egal. Sobald sich die Tür eine Handbreit geöffnet hatte, zerrte er Merle an der Leine mit sich hinaus, so dass Markus Mühe hatte, hinterher zu kommen.

Der Stadtring direkt vor Merles Haus war schon auf allen vier Spuren angefüllt mit Autos. Eine Mischung aus Morgendunst und Abgasen lag in der Luft. Sie machten ein paar wenige Schritte in ein kleines Parkstück, wo der Hund sich seiner Notdurft entledigen sollte, und Markus war sich nicht sicher, ob er überhaupt noch offiziell dieser doch familiären Intimität beiwohnen sollte. Unsicher legte er seinen Arm um Merles Schulter, an welcher der Arm hing, der die Leine hielt, an welcher hockend der Hund hing, der sich gerade auf einen wichtigen Verdauungsvorgang konzentrierte. Und Merle schien tatsächlich nicht mehr ganz in Stimmung zu sein. Sie wirkte etwas abwesend, und diese Abwesenheit hielt auch an, als beide mit dem nun erleichterten Tier vor ihrer Haustür standen. Jetzt hieß es, Abschied nehmen. Was würde werden? Man wusste es noch nicht.

Schon erhob sich die Sonne weiß und fahl hinter einer Häuserreihe. Sie waren sich irgendwie noch fremd, aber sie küssten sich noch einmal, als wären sie zusammen. Markus kletterte auf sein Rad und fuhr nach Hause. Er fuhr bergauf, aber heute ohne einen Rausch, nur mit Müdigkeit. Es war, als wäre eigentlich nichts Großartiges geschehen. Merkwürdig ratlos stieg er in sein Bett und befriedigte sich selbst, während in der Welt draußen sich der neue Tag breitmachte (und keine Sekunde daran dachte, darin innezuhalten).

NEUN

»Zwei Seelen, wohnen, ach, in meiner Brust«, das war es, was Merle noch in Bezug auf ihre eigene Situation gesagt hatte, wie ihm am nächsten Tag wieder einfiel, aber Markus mochte sich drehen und winden, richtig originell konnte er diesen Goethe-Bezug auch in der Retrospektive nicht finden. Nur das Wort »Brust« hatte sich seinem Unterbewusstsein angenehm eingeprägt.

Gegen vierzehn Uhr versuchte Markus, sich Kaffee zuzuführen. Er saß da in seiner höhlenähnlichen, unaufgeräumten Wohnküche, während wenige hundert Meter jenseits des schmierig-blinden Fensters auf dem Gelände einer Bundeswehrkaserne militärische Aktivitäten stattfanden. Heute drang das unregelmäßige Knallen von Gewehrschüssen an Markus' Ohr.

Er mochte aus der letzten Nacht nicht recht schlau werden. Was wollte er eigentlich von dieser Merle? Und was wollte sie von ihm? Zum Teil fühlte er sich geschmeichelt, zum Teil schreckte sie ihn ab. An Karls Stelle würde er das nicht mitmachen können. Er würde es nicht aushalten, wenn sie seine Freundin wäre und sich auf ähnliche Art einem anderen zuwenden würde. Da war sie doch schon, die von Merle selbst beschriebene Kälte, die sie zeigte, immer wenn sie den Freund wechselte. Und wechselte sie jetzt zu ihm? Hatte sie schon entschieden, oder hatte Markus noch eine Wahl? Oder hatte Markus ein Gewissen? Oder tat man das nicht, was er tat, oder was er mit sich machen ließ? Hatte er eine Verpflichtung gegenüber Karl? Oder eher gegenüber Merle? Sollte sie sich nicht zuerst überlegen, welchen komischen Vogel sie bevorzugte? Und dann handeln, also küssen?

Die Sonne stand draußen hoch am Himmel. Es war ein warmer Septembertag, aber es fröstelte Markus in seinem Zimmerchen.

Er musste zurückhaltend sein gegenüber dieser Merle, und wo bitte gab es denn Gefühle, ausgelöst durch Merle, die ansatzweise denen vergleichbar waren, welche Claudia in ihm entzündet hatte? Seufzend erinnerte Markus sich an die Lokomotive, an den einen, einzigen Kuss über diese Lokomotive hinweg, der alle Küsse mit Merle überwogen hatte, an Claudia, ach Claudia! Er musste, und zwar bald, Gewissheit haben, ob Claudia es nur ansatzweise mit ihm ernst meinte. Sonst konnte er für nichts mehr garantieren.

Er erschrak, als er merkte, was er da gerade gedacht hatte. Hatte Merle ihn tatsächlich schon willenlos gemacht? Gab es denn keine Möglichkeit, ihr auch ohne Claudias Hilfe zu entkommen? Markus nahm das Telefon in die Hand, aber dann stellte er fest, dass ihm Claudias Nummer nicht mehr einfiel. Seit Wochen hatte er sie auswendig gekannt, nun war in seinem Gedächtnis nur ein merkwürdiges Konglomerat von Ziffern, die halb Merles und halb Claudias Telefonnummern entsprungen waren. Er hatte gerade seinen Taschenkalender geholt um unter »C« nachzuschlagen, als das Telefon in seiner Hand aufschrillte.

Merles Alt meldete sich. Schlagartig war eine schon vage vertraute Mischung aus Furcht und Anziehung in ihm, und die, genährt durch den Klang ihrer Stimme, brach sich auf einem nicht unbedingt vorhersehbaren Weg Bahn:

Markus bekam eine Erektion. Wie um sich selbst zu besänftigen, zippte er leise den Reißverschluss seiner Hose auf, um seiner fleischgewordenen Ambivalenz den Raum zu bieten, die sie einforderte. Markus Geist war nun irgendwie gelassener, bereiter, sich auf Merle einzustellen.

»Hallo, hier ist Merle«, hatte sie gesagt, »Hallo Merle« gab er zurück. lehnte sich auf sein Bett, in der linken Hand den Hörer, in der rechten seine Ambivalenz. »Also ich rufe an, weil ..., also Karl findet das ganz und gar nicht gut, was wir gemacht haben, und er stellt mich jetzt vor die Alternative: Entweder ich treffe mich nicht mehr mit dir, oder er will mich nicht mehr sehen ...« Sie schwieg wieder, als bräuchte sie eine Entscheidungshilfe. »Hm«, machte Markus, »das ist eine eindeutige Aussage. Verstehen kann ich das schon, und, – was willst du nun tun?« Wieder wartete Merle, ehe sie antwortete. »Ja, ich denke, ich will mir das mit Karl nicht kaputt machen, außerdem weiß ich ja nicht, ob das mit uns überhaupt was werden kann ...« Wieder Schweigen, das auf ein Zeichen wartete. »Hm«, machte Markus erneut, »tja, einerseits finde ich es schade, wenn wir uns nicht mehr sehen können, aber andererseits ist mir auch noch nicht ganz klar, was ich von dir will, und wie gesagt, wenn du meinst, dass es dir wichtiger ist, mit Karl zusammen zu bleiben, dann ist das natürlich voll in Ordnung, wenn du das nicht gefährden willst«. Jetzt war es Markus' Schweigen, das eine Frage enthielt, und Merle antwortete: »Wir könnten ja wenigstens vielleicht mal telefonieren?« – »Na ja, ich weiß nicht, wenn ich bei dir anrufe und Karl ist gerade da, das wäre ja auch nicht gerade spaßig, oder?« Wieder Stille. Er fuhr fort: »Weißt du, ich denk mir das so: wenn wir wirklich zusammenkommen sollen, dann kann das auch noch in einem Jahr passieren, dann wird das auch passieren, egal, was wir dagegen unternehmen«. Markus bewunderte seine eigene plötzliche Weisheit. »Äh, das hat ja vielleicht auch Zeit«, kehrte er von sich beeindruckt zur Normalform zurück. »Meinst du?,« Merle klang heute überhaupt nicht glücklich und hörte sich sehr klein an am anderen Ende des Telefons. »Ja, ich denke schon!« Mehr fiel ihm dazu nun auch nicht mehr ein. Sie wartete immer noch. »Na ja, dann wünsch ich dir was, Merle«. – »Ich dir auch!« – »Schade ist es eigentlich schon.« – »Ja«. – Markus bekam auf einmal irgendwie Mitleid mit ihr. »Mach's gut! – »Du auch.« – »Ja, tschüss«. – »Tschüss, Markus«. Markus legte den Hörer auf die Gabel, seine Ambivalenz in der Rechten war weich und feucht, ihm war offenbar ein Erguss unterlaufen.

Er klappte seinen Kalender zu, stellte das Telefon auf das Klavier, entkleidete sich und drehte im Bad die Dusche an. Unter dem heißen, kräftigen Wasserstrahl schloss er die Augen und er genoss das gleichmäßige Prickeln auf seiner Haut. Rasiert, in sauberer Kleidung und gründlich gereinigt, packte er seine Abendschultasche. Er schlüpfte in seine Jacke. Ein letzter Blick fiel auf das Telefon. Hatte er nicht Claudia anrufen wollen? Eigentlich wäre ja jetzt sie an der Reihe gewesen.

Den Rücken wie ein Schutzschild gegen den unordentlichen Raum, gegen das verunsichernd schweigende Telefon gewandt, verließ Markus zügig sein Appartement. Mit einem satten Geräusch fiel die Tür ins Schloss, und ein schneller, gleichmäßiger Schritt entfernte sich draußen auf dem langen Flur, als das Telefon, drinnen, auf dem Klavier thronend über all der Unaufgeräumtheit, zu klingeln begann. Mitten im neunten Klingeln brach es ab, und kein Anrufbeantworter konnte aufzeichnen, wer angerufen hatte, denn Markus hatte damals noch keinen Anrufbeantworter. Es war ganz ruhig im Raum geworden und durch die blasse Fensterscheibe fiel ein wenig vom letzten Tageslicht.

ZEHN

Zwei Nächte später saß Markus in einem verräucherten kleinen Lokal. Es war dasselbe Lokal, in dem er Merle zum ersten Mal gesehen hatte. Auf einem Barhocker hockte er nun, betrunken, an der Theke, umgeben von überwiegend dunkel gekleideten Gestalten, die, meist nicht weniger beschwipst oder unter Einfluss bewusstseinserweiternder oder -verengender Drogen, die Nacht nicht enden lassen wollten. Lautes Stimmengewirr wurde übertönt von atemloser Punkmusik. Eine junge Punkerfrau mit pinkfarbenem Haar, mühte sich hinter der Theke ab, den nicht endenden Bestellungen nachzukommen. Ein verwilderter, auf dem Hocker neben Markus sitzender Kerl, war vornüber auf den Tresen gebeugt mit verschränkten Armen eingeschlafen. Zwischen zwei seiner groben Finger klemmte eine Zigarette, deren Glut, ohne von einem Filter aufgehalten zu werden, sich langsam und zielstrebig in Richtung seiner Fingerhaut ihren Weg brannte. Niemand beachtete ihn, und auch Markus interessierte sich für etwas anderes.

Eine gute Viertelstunde war seit seinem Eintreffen vergangen und seit etwa fünf Minuten galt seine Aufmerksamkeit einer Frau, die weiter links von ihm an der Theke saß. Sie trug ein flaschengrünes, knielanges Kleid, bedruckt mit einem Dekor verschiedenfarbiger Blätter und Blüten. Auf ihrem langen Hals trug sie einen Kopf, welcher von schulterlangen, kastanienbraunen Locken eingefasst, Markus überaus ansprach. Große, wohl meeresblaue Augen unter feinsinnigen, braunen Brauen, und eine symmetrische Nase erhob sich über einem Paar ernsthafter Lippen. Das alles ergab eine Komposition, welche Markus einen Stich des Entzückens versetzte.

Man sollte fairerweise erwähnen, dass Markus am Nachmittag zuvor endlich Claudia angerufen hatte, aber ein Gespräch führen musste, das merkwürdig steril und unerfreulich verlaufen war. Seit Merle in seinem Leben aufgetaucht und wieder abgetaucht war, hatte er nicht mehr viel an Claudia denken wollen, und nun hatte er sie doch für den Sonnabend zu sich eingeladen, aber die Vorstellung, sie wieder zu sehen, hatte ihn eher belastet.

Er verstand sich nicht mehr und er wusste nicht mehr, woran er mit den beiden Damen war. Eigentlich hatte er sich doch nur auf Merle einlassen können, weil er nicht genug in Claudia verliebt war, aber gleichzeitig Gefühle für Claudia behalten können, weil er nicht genug in Merle verliebt war. Aber mit dem Abschied von Merle war auf einmal auch Claudia unwichtig geworden. Das ist doch alles krank. Oder ich bin krank. Kopfkrank. Derartiges war Markus nun schon den ganzen Abend im Kopf herum gegangen, während er nach dem üblichen Schüler-Stammtisch die Kurve nicht gekriegt hatte, ja, bewusst nicht kriegen wollte, und zu den ersten fünf Pilsen danach in der Peripherie noch ungezählte weitere gekippt hatte, die ihn kopflos und daher endlich auch richtig verantwortungslos gemacht hatten, und das wollte er so und das sollte so sein. Wofür sollte er jetzt auch verantwortlich sein? Das sah er nicht.

Was er sah, war nun auch wesentlich interessanter als diese lästige innere Zerrissenheit, er sah eine reife, eine bezaubernde Frau, die ihm den Glauben an eine auch nur irgendwo existente Sinnhaftigkeit auch nur irgendeines zufälligen Elements dieses unübersichtlichen räudigen Pfuhls der Sinnentleertheit mit Namen »Welt« schenken konnte.

Eben grunzte sein Nachbar zur Rechten laut auf. Die Glut hatte ihre kleine Reise beendet und seine Fingerhaut versengt. Mit weit aufgerissenen, blutunterlaufenen Augen sprang er vom Hocker und schleuderte die Kippe weit von sich. Da nahm sich Markus ein Herz (oder das, was er in seinem Rausch dafür hielt) und sein Bier und er begab sich in die Richtung des stimmige Wohllaute in ihm evozierenden femininen Ensembles im flaschengrünen Gewand.

Eine tolle Frau, dachte es im sachte schwankenden Markus vor sich hin. Das Bier stellte er, als wolle er einen Claim abstecken, auf die Theke, bereit, mit allen ihm zur Verfügung stehenden Mitteln, die Flaschenfrau auf sich aufmerksam zu machen. Allein, und das schien ein kleineres Problem darzustellen, sie beachtete ihn in keiner Weise. Stattdessen beachtete sie einen sportiven jungen Mann, der lebhaft auf sie einredete und dabei offenbar einen großen Unterhaltungswert für sie darstellte. Ein Schwall von Worten, von denen, obgleich direkt nebenan stehend, Markus kein einziges verstand, umschloss dieses Paar wie eine Mauer, eine Schallmauer gewissermaßen, und obendrein benahmen sich beide, als wäre außer ihnen überhaupt niemand anwesend – mal ganz abgesehen vom derangiert-entschlussfesten Markus. Er trat nun noch einen kleinen Schritt näher hinter den perfide gut parfümierten Sportsmann, glotzte über dessen Schulter direkt hin zur Flaschen-Schönheit, hatte nun schon mehrere Male schnappend Luft geholt, um bei der kleinsten Unterbrechung irgendetwas ins Gespräch zu werfen. Aber da wurde einfach nicht unterbrochen, da riss nichts ab, es war ein Ding der gänzlichen Unmöglichkeit, hier auch nur das kleinste, allerkürzeste Sterbenswörtchen unterzubringen. Hinzu kam, dass trotz seiner nahezu intimen Annäherung an ihren Gesprächspartner, ihn noch nicht ein einziger Blick aus ihren Augen gestreift hatte. Er hätte wahrscheinlich dem Vordermann zärtlich seinen Kopf auf die Schulter legen können, ihr dabei Grimassen schneidend, er wäre weiter für beide Luft geblieben.

Wer nun aber denkt, Markus hätte die Fahnen gestrichen, den Schwanz eingezogen, aufgegeben, der ist schlecht informiert, denn der kennt Markus nicht. Einen Bierdeckel ließ sich Markus vom überforderten Punkergirl reichen und einen Stift, und er schrieb um den Reklameschriftzug herum: »Ich möchte gerne drei Worte an dich wenden!«, gab den Stift zurück zur Bedienung und schritt zum unzertrennlichen Paar, wo er den Filzdeckel unter dem auf dem Tresen lehnenden Arm des Vielredners hindurch zu ihr hinstreckte und – endlich, endlich schenkte sie ihm einen Anflug von Interesse, einen Seitenblick. Dann nahm sie seine Papp-Botschaft in die Hand, las sein Gekritzel, während Markus begann vor Nervosität zu beben. Mein Gott, dachte er, was habe ich gemacht, was eigentlich will ich ihr sagen? Wirr stand er da und harrte dessen, was da nun kommen musste, kaum mehr schwankend, denn das, was er da inszeniert hatte, hatte ihn zu später Stunde fast ausnüchtern lassen.

Ihre schlanke Hand hielt nun plötzlich ihrerseits einen

Kugelschreiber. Ihre langbewimperten Augen folgten ihrem
Schriftzug, den sie nun in eine verbliebene freie Ecke auf dem Bierdeckel platzierte, und höflich reichte sie nun ihre Antwort über die Schulter ihres Begleiters hinweg zu Markus, um, sobald Markus die Pappe in seiner Hand hatte, sich wieder dem unmittelbar einsetzenden Sprachfluss dieses unermüdlichen Sportmannes zu überantworten. Markus aber konnte nicht glauben, was er da las: Er hatte es hier mit einer Iris zu tun, er wusste das jetzt, weil sie ihm, freiwillig und eigenhändig, ihren Vornamen und ihre Telefonnummer aufgeschrieben hatte.

ELF

Benommen war Markus gegen Nachmittag zum ersten Mal erwacht. Benommen und beeindruckt von der Rigidität eines pulsierenden Schmerzes, der sich vom Hinterkopf aus über den Nacken bis zu den Schulterblättern hinzog, war er mit glasigem Blick in seine Nasszelle geschlichen, hatte dort etliche Portionen mäßig verdautes Bier abgeschlagen, hatte tastend nach der Aspirinschachtel gelangt, umständlich zwei Tabletten aus ihrer Folie gepresst, sie sich unter die weiß belegte Zunge geworfen und versucht, mittels schnappender Mundbewegungen, Wasser vom Hahn in den Mund zu bekommen, ehe er, »Fickscheiße« sagend, sich wieder in sein etwas zu breites Bett rollte, um dort geschwächt und leidend, auf die Gnade eines heilsamen Schlafes zu warten. Mehrmals noch schlug er die Augen wieder auf, um sie mehrmals wieder zu schließen, vor allem und jedem, vor allem davor, was nur ansatzweise einen Energieaufwand von ihm verlangt hätte. Seine Kapazitäten waren allein schon vom Umdrehen von einer auf die andere Körperseite erschöpft, doch immerhin besserte sich langsam der Kopfschmerz, so dass es sich nach und nach angenehmer vor sich hindämmern ließ, hie und da ein kleines Träumchen träumen, dann und wann hinübergleitend in einen halb realen Tagtraum.

Irgendwann, die erste Schulstunde neigte sich wohl gerade, unten, auf der anderen Seite der Stadt ihrem Ende entgegen, hatte es Markus etwas gedämmert, das wider Erwarten eine Verbindung zur Wirklichkeit hatte, nämlich zu Markus jüngster Vergangenheit: Iris, die Verkörperung des Regenbogens, die Schwertlilie, die geflügelte Götterbotin, stand, aus einem vagen Gespinst der Träume entsprungen, in ihrem stichfesten, konkreten, blumenübersäten Flaschengrün vor seinem inneren Auge. Es war Punkt Achtzehn Uhr. Das Abendgeläut vom nahe gelegenen Kirchturm wurde vom peinvollen Geheul eines offenbar atheistischen Hofhunds begleitet, als Markus die Augen endgültig geöffnet und sich aufgerichtet hatte. Er ließ sich nun vornüber aus dem Bett gleiten, krabbelte mit den Händen auf dem Linoleum vorwärts, dahin wo seine Jacke gegen Morgen von ihm abgefallen war, griff in die innere Tasche, suchte und fand die filzige Trophäe der vergangenen Nacht. Darauf: Mit charaktervollem Schwung, kugelschreiberblau, unleugbar der Schriftzug: Iris 79 12 79.

Grinsend beendete Markus seine Liegestütze, indem er froschähnlich die Füße aus dem Bett gleiten ließ und in die Hocke federte. Nun war er wach. Nach einem späten Frühstück griff er zur elektrischen Gitarre, setzte sich die Kopfhörer auf, um sich wüsten, dilettantischen Improvisationen hinzugeben, bis er einen feuchten taktgebenden Fuß hatte. Das lag daran, dass er vergessen hatte, in der Spüle das Wasser abzudrehen. Anstatt des herkömmlichen Abspülens genügte sich Markus nämlich darin, verunreinigte Esswerkzeuge und -unterlagen, vermittelst eines längerfristig darauf eingestellten Warmwasserstrahls zu säubern. Er war auch der Meinung, dass er sich auf diese besondere Art aktiv am Umweltschutz beteiligte – schließlich verwendete er kein Spülmittel. Heute allerdings war er noch nicht komplett bei der Sache gewesen und hatte schlicht vergessen, nach dem erfolgten Weichvorgang, den Hahn abzudrehen, und weil sich indes einige Speisereste im Abfluss angesammelt hatten, so dass dieser dem Nachfluss nicht mehr genügen konnte und sich so das Wasser über den Rand des Spülbeckens ergossen und auf den Kochnischenboden verteilt hatte und, da in Markus' Heim ein leichtes Bodengefälle vorherrschte, war aus dem Strahl ein Rinnsal geworden, welches sich zielstrebig in den Wohnbereich bewegt hatte, also dahin, wo Markus nun plötzlich mit dem Fuß im Nassen tappte. Nun, Markus war es recht, er wischte, was zu wischen war, und es war gut.

Aus irgendeiner Ruhe ließ sich er sich heute nun gar nicht mehr bringen, legte einen Tonträger auf und lauschte andächtig der Stimme eines Veteranen der Popmusik: »I am a gift to the women of this world« nuschelte diese durch die Boxen. Ja, dachte Markus nun, das trifft ziemlich genau zu, er nippte an einem Glas Wein, (im Kühlschrank hatte er noch eine halbe Flasche gefunden) und er gab sich umständlichen Gedanken hin, welche Konsequenzen eine solche, also allem Anzeichen nach seine persönliche, Bestimmung denn in der realen Welt da draußen nach sich ziehen möge.

Einen Tag hatte er warten können, dann wählte er grün, flaschengrün: 79 12 79. Lange musste er warten, bis das entnervende Tuten am anderen Ende der Leitung unterbrochen war, und eine ihm völlig unbekannte und dazu verschlafene Frauenstimme sagte: »Ja?« – »Ja, hallo, hier ist Markus. Also ich bin der aus der Kneipe von Mittwochnacht, du hast mir deine Nummer..., – du bist doch Iris?« – Lange, sehr lange wurde hier gewartet, geatmet, geseufzt, und ganz doll gelangweilt sprach Iris dann: »Ach so, ja klar erinnere ich mich.« Aus dem Hörer klaffte ein gähnendes Loch, ganz und gar nicht flaschengrün, eher pechschwarz, und harrte da vor sich hin. Da fehlten Markus schlichtweg die Worte, er war heute sowieso nicht so recht bei Stimme. »Ja, äh, ich wollte dich eigentlich fragen, ob du Lust hast, dich mit mir zu treffen?« Das tendierte eindeutig ins Jaulige, Kindliche, und Markus fragte sich, was er da gerade wieder machte. Eine halbe Ewigkeit brauchte es, bis sich diese birnenreife, unerschwingliche, frauliche Frau es sich überlegt hatte, dem Kind am anderen Ende der Leitung noch eine Art Antwort zu gewähren: Tief und sterbensmüde erklärte ihm ihre Stimme, dass das alles wohl doch ein bisschen dumm gewesen sei, von ihr. Sie habe im Moment sowieso ziemlich viel Beziehungsstress, und sie würde bald wegziehen, und es wäre ziemlich unsinnig, jetzt noch irgendwas Neues anzufangen, es täte ihr Leid, aber da habe sie einen Fehler gemacht. Höflich wartete sie mit langbewimperten Auge und wahrscheinlich noch bettwarm und nicht flaschengrün sondern hautfarben, da sicherlich splitternackt, am Hörer. Ein blödes Krächzgeräusch, war alles, wozu Markus noch imstande war: »Nee klar, nee, wenn das so ist, dann ist es schon besser, wenn äh..« – »Du nimmst es mir also nicht übel, nicht?« – »Nee, ist schon okay dann, zwar ...« freundlich wurde er unterbrochen: »Okay, also dann nichts für ungut und tschüss!« – »Ja, tschüss dann, mach's gut!« Sie hatte aufgelegt, ehe er es bemerkt hatte.

Aha. A gift to the women of this world, also?

Ein kleinerer, aber gründlicher Zusammenbruch begann, es sich in Markus bequem zu machen. Wie von langer Hand vorbereitet, als hätte es nur diesen oder einen ähnlichen Auslöser gebraucht, um von hinten aus dem Schatten zu treten, in dem er amüsiert Markus' lächerlichem Treiben zugesehen und darauf gewartet hatte, dass er gebraucht wurde. Und wie er gebraucht wurde, der kleine Kollaps. Dankbar klappte Markus zusammen. Gnädige Entlastung! Liebevolles Minderwertigkeitsgefühl! Der Segen, endlich wieder der durchschnittliche Junge zu sein, der er immer gewesen war.

Aber, noch im seligen Fall begriffen, bemerkte er: Er durfte zwar fortan wieder Mittelmaß sein, aber er durfte auch weiter alleine sein und bleiben. Derzeit war nichts da, was ihm nahelegte, sein Dasein sei insgesamt stimmig oder sinnig. Iris, die Lilie, sie war die Illusion. Sie war doch, so hatte ihm geschienen, die Antwort auf seine vorherigen Halbheiten gewesen. Sie hätte, so hatte er vermeint, ihm beide hälftigen Neigungen, die so zermürbend unvereinbar gewesen waren, ersetzt, hätte zur Vollkommenheit seine Liebe auf sich gezogen und zur Fülle und Blüte gebracht, doch nein: Sie war mehr Schwert als Lilie, und jäh hatte sie, und leicht, geteilt, was zaghaft hoffend war, harmonisch sich zu einen.

Und jetzt? Was waren noch seine telefonischen Worte zu Merle gewesen? Man könne gut und gerne noch ein halbes Jahr warten, was zusammengehöre, würde schon noch zusammenkommen? Ha! Eine halbe Woche war ihm schon genug Warterei. Und was sollte das mit dieser Claudia? Ein Kind, ein attraktives zwar, aber welch andere Welt. Und wie kompliziert der Zugang zu ihr war. Und

Merle? Machte ihn erst in sie verliebt, und dann wollte sie doch mit ihrem Freund zusammen bleiben, obwohl sie den, auch das hatte sie am Montag noch gesagt, gar nicht richtig liebte. Ja, das hatte sie gesagt, gar nicht richtig liebte.

Unter dem Strich empfand Markus sein derzeitiges Erleben rein gedanklich als »Riesenscheißschweinerei«. Und er ahnte, dass er irgendetwas ganz besonders nötig hatte, er wollte meinen, Zuneigung, man könnte glauben, Liebe. Aber was Markus am dringendsten brauchte, war, das wissen wir ein bisschen besser als er, Geschlechtsverkehr.

ZWÖLF

Markus nahm sich zusammen an diesem Freitagabend. Er musste schließlich auch einmal wieder in die Schule und zwei Stunden Latein und zwei Stunden Deutsch würde er überstehen können. Die erste, die Mathematikstunde schien ihm heute nicht zumutbar, die musste sich ohne ihn ereignen, den anderen gequälten Studierenden des Abendgymnasiums innerhalb einer Dreiviertelstunde das äußerste an Konzentration abverlangen, ehe noch der überwiegende, der Hauptteil des Unterrichts überhaupt begonnen hatte.

Im Lateinkurs, der selten aus kaum mehr als sieben Schülerinnen und Schülern bestand, fläzte sich Markus etwas geduckt hinter den einzigen Teilnehmer, hinter den er sich fläzen konnte. Der Rest nämlich, saß, so hatte es sich eingebürgert, auf der linken Bankreihe. Dieses Grüppchen von diesmal fünf Mittzwanzigern zeigte nicht nur anhand seines in Latein gerade noch ausreichenden Zensurenpegels Hang zur Solidarität, es rekrutierte darüber hinaus seine Mitglieder weitestgehend aus der Berufssparte (denn hier war fast jeder berufstätig) Laborant oder Laborantin, ob nun aus einem chemischen, einem biologischen oder einem Dentallabor entsprungen. Zwei AbweichlerInnen allerdings ergänzten heute die Latein-Clique: eine Friseurin und eine Zahnarzthelferin. So setzte sich der linke Flügel zusammen. Auch in seinen Verhaltensformen zeigte der linke Flügel eine Neigung zur Angleichung: Vor Unterrichtsbeginn plapperte man zugleich vertraulich und oberflächlich miteinander, knabberte unschuldgesättigten Blickes an ballaststoffhaltigen, aber zugleich leicht verdaulichen Reformhauserzeugnissen, nippte an mit heißem Kakao gefüllten Plastikbechern oder sog vermittelst Plastiktrinkhalmes dezent Coca-Cola-Light in spitze Mündchen hinein. Dauerwellen und Schnurrbärte waren die bevorzugten Frisuren dieser linken Flanke, und es ging in einem lockeren Rahmen zu, was hier geschah.

Dieses Seitenschiff stellte zwar numerisch das Gros des Kurses, nicht so aber, was den Unterrichtsablauf anging. Letzterer gestaltete sich eher mittelst der Mitwirkung zweier versprengt hintereinander sitzender älterer Herren und den in der Verlängerung dieser Achse am Lehrertisch befindlichen wohlgefüllten und properen Lehrkörper namens Steinmücke. Dieser war nun auch gerade behenden Schrittes in den Raum gekommen, hatte sein lockeres »Hallo« nach schräg links geworfen, dahin, wo er sich einer überwiegenden Autoritätsgläubigkeit sicher war, und sich auf den Lehrertisch gepflanzt, welcher in müder Vertrautheit Herrn Steinmückes Hintern schon im Vorhinein nachkam, denn er hing seit Längerem durch, und Herr Steinmücke tat, was er am liebsten tat: Er begann zu plaudern. Er plauderte viel, er plauderte lange, gerne über Privates, Politisches, und manchmal auch über Altrömisches, welches dann in die Kategorie »Dozieren« fiel. Steinmücke hörte sich gerne selber zu beim Reden, und betrachtete dabei aufmerksam und prüfend, ob die linke Seite das auch tat. Und er spürte, wie sie mit ihren zehn Augen an seinen Lippen hing, über denen ein dünner, fürs Unobszöne etwas zu breiter Schnurrbart mitformulierte, was dieser auf allen Gebieten beschlagene, in keinem Bereich inkompetente Mann zu formulieren beschlossen hatte. Und er witzelte, zwinkerte hinter seiner leicht beschlagenen Brille mit einem Auge, um klar zu machen, dass er so gutmütig wie gebildet sei. Die Linkskurve wusste, warum sie wohlgelitten war und regelmäßig die Mindestpunktzahl in Latein erreichte: Sie verstand sich darauf, mithilfe interessierten Augenaufschlags und bewunderndem Mienenspiels ihren kleinen Oberstudienrat redseliger zu machen, als er es sowieso schon war. War Steinmücke sich einmal der konzentriertesten Hingabe seines Kurses sicher, konnte eine komplette Doppelstunde Latein verstreichen, in der kein lateinisches Wort gefallen war.

Markus hatte immer schon ein Problem damit gehabt, sich von Steinmückes anerkennungsdurstigen Äuglein ausforschen zu lassen. Dieser Mann litt offensichtlich an einem ausgeprägten Mangel an Selbstvertrauen, so dass er sich während seiner circa vierzig Lebensjahre zwanghaft und massenhaft autodidaktisches Wissen angeeignet hatte, Wissen aus allen möglichen und unmöglichen Bereichen, und was er nicht im Kopf hatte, musste er mit den Beinen leisten: Jeden erdenklichen Winkel seines Einfamilienhäuschens hatte er, zum Leidwesen seiner staubwedelnden und innerlich gebrochenen Gattin, angefüllt mit lateinischen Textausgaben moderner und antiker Herkunft, mit historischen Bildbänden (in Sachen Rom und Italien [»Italienien« sagte Steinmücke manchmal zwinkernd dazu, denn er hatte ja Humor] war er erschöpfend sortiert) und, wo sich zwischen den zum Bersten gefüllten Regalen noch Platz gefunden hatte, wie auf dem Dachboden, da hatte er, ganz alleine, die verblüffend

wirklichkeitsgetreue Kopie en miniature einer verträum-
ten und zugleich funktionalen Eisenbahnlandschaft zu-
sammengetüftelt, denn die Bahn war sein Hobby. Zwischen Büchern klemmten hier oben, atmosphärisch ver-
dichtend, Objekte seiner Sammlerleidenschaft: alte Si-
gnalkellen oder bundesbahninterne Hinweistafeln, und
an einem Haken hing sein ganzer Stolz, eine richtige
Schaffnermütze, die er, wenn er am unüberschaubar
großen Steuerpult seine Züglein durch ein kompliziert-
tes Schienengeflecht dirigierte, auf dem Kopf zu tragen
pflegte, den Schirm dabei keck in die Stirn geschoben.

Gern lud Steinmücke sich Gäste ein, um diese Herr-
lichkeiten mit ihnen zu teilen. Gern durften es auch Schüler und Schülerinnen sein, die, da von guten Zensuren ab-
hängig, sich recht schnell beeindrucken ließen. Mit ihren
Ahs und Ohs erfüllten sie Stockwerk um Stockwerk der
steinmückschen Pagode und brachten damit den Haus-
herrn, den kleinen, dicken Nimmersatt, in einen Zustand
permanenter Orgasmusbereitschaft. Drängelten sich die
Besucher schließlich ungläubig staunend am Rande des
auf einer riesigen Pressholzplatte unnatürlich unfallfrei
von dutzenden Güter- und Personenzügen wimmelnden
Miniaturschienennetzes, setzte sich Steinmücke, nun restlos entfesselt, an eine, niemand hatte damit gerechnet,
in eine Ecke gequetschte Heimorgel, und da begann er,
trunken von sich selbst, autodidaktisch und schwülstig
zugleich, »Jingle Bells« zu spielen. Nach »Jingle Bells«
kam »La Paloma«, nach »La Paloma« ein umfangreiches
Potpourri bekannter und beliebter Schlagermelodien. Unablässig zuckelten dabei die Züge, inzwischen führerlos

geworden, ihrer unberechenbaren Wege, begleitet vom Walzer des Rhythmusgeräts, vom Jammern einer geigenähnlichen Klangnuance, die immer wieder leiser wurde und anschwoll, schier im Hall ersterbend: Der »Schneewalzer« wurde gegeben!

Das undeutliche Gefühl einer Bedrohung holte Markus aus seinen klaustrophobischen Träumereien, er blickte auf und fand sich Aug' in Aug' mit dem zutiefst enttäuscht dreinblickenden Steinmücke, dem für anderthalb Stunden hier in diesem Klassenzimmer uneingeschränkt geltenden Gesetz. Und Markus hatte Regel Nummer Eins missachtet: Er war nicht aufmerksam gewesen. Der linke Flügel, der ältere Klassenkamerad vor ihm, alles hatte bereits gewissenhaft das Lateinbuch vor sich aufgeklappt, es war sogar schon ein Satz übersetzt worden, da hatte sich Steinmücke, um schneller im Stoff voranzukommen (denn die durch Anfangsplauderei verlorene Zeit musste aufgeholt werden), den beiden Säulen der Lateinunterrichts zugewandt, im Mitteltrakt befindlich, und feststellen müssen, dass eine der Säulen völlig eigenen Gedanken nachhing. So etwas nahm er übel. Steinmücke hatte nichts gegen ein längerfristiges Abschweifen vom Römisch-Lateinischen, er konnte sich ohne Probleme eine ganze Doppelstunde lang über das Thema Männerfreundschaften, oder über das Thema Frauenfreundschaften, oder Kreuzungen dieser Freundschaften, also wenn Mann und Frau befreundet sind oder wenn Frau und Mann befreundet sind, auslassen, holte sich sogar hie und da individuelle Ansichten seiner Abendschüler dazu ein, er war schließlich weltoffen, aber private und nicht von ihm autorisierte Weltbetrachtungen in Schülerköpfen, die zudem der Öffentlichkeit vorenthalten wurden, konnte Steinmücke nicht dulden. Gekränkt schaute er Markus also an, die Linkskurve hatte sich schon schadenfroh umgedreht und selbst die andere Säule, Dietrich, blickte über die Schulter zu Markus hin. Endlich begriff Markus nun, dass er an der Reihe war, einen Satz aus dem Lateinischen ins Deutsche zu übersetzen. Er wusste nur nicht, auf welcher Seite man war, geschweige denn, welchen Satz er sich vorknöpfen sollte. »Ähh, wo sind wir denn?« ein schuldbewusster Unterton bewegte Steinmücke zur Preisgabe der gesuchten Stelle, ein treuherziger Augenaufschlag veranlasste ihn sogar zur Mithilfe bei der Enträtselung des für Markus völlig unverständlichen Satzgebildes, und indem Markus schließlich einen ACI und einen PPP richtig erkannt hatte, gelang es ihm, wieder jene Art von Scheinfrieden zwischen sich und dem Lehrer herzustellen, dessen er an einem Tag wie heute besonders bedurfte. Ein paar Mal noch kontrollierte Steinmücke nervös Markus' neu errungene Konzentration, und der nahm sich wieder zusammen, versteckte sein Gesicht so gut es ging hinter dem seines Vordermanns, übersetzte sogar noch einen halben Satz, dann, endlich, war Steinmückes Stunde zu Ende.

Heute zog sich selbst die große Pause zu lange hin. Markus stand in einer Ecke des Geschehens, verzehrte eine Banane und rauchte anschließend eine Selbstgedrehte. Babette sorgte wieder für ihre Art Unterhaltung. Glücklicherweise hatte sie aber festgestellt, dass Markus heute nicht unterhaltungssteigernd aussah. Daher ließ sie ihn in Ruhe und nur ab und zu traf ihn ein kalter Blick, während sie stimmgewaltig den halben Schulhof vollplapperte.

Die letzte Doppelstunde vor dem Wochenende war schon immer eine undankbare Angelegenheit für Schüler und Lehrer gewesen. Kurt Wolkewitz, der sich auf demokratische Weise mit seinem Deutschleistungskurs auf ein gegenseitiges »Du« geeinigt hatte, und der demzufolge schlicht »Kurt« hieß, konnte sich nicht daran gewöhnen, vielleicht aufgrund einer eingefleischten Konvention heraus, es seinen Schülern gleichzutun, und daher unterlief ihm immer wieder ein »Sie«, auch wenn er ein »Du« beabsichtigt hatte. Kurt hatte soeben einleitend mehrere Worte über einen in Form kleiner gelber Hefte vorliegenden Text gesprochen. Auch seinen Ausführungen folgte oberhalb des Mundes ein Oberlippenbart, der aber nichts von einer steinmückschen Tendenz ins Obszöne besaß, sondern wohl eher eine struppig-sozialistische Reminiszenz an kämpferischere Zeiten darstellte. Alles horchte tiefsinnig seiner nicht unkomplizierten Einführung oder vergrub seinen Blick im gelben Heftchen. Aber unter uns und bei Lichte betrachtet, war keiner der zehn Anwesenden hier und heute wirklich anwesend, und tiefsinnig wurde hier nur darüber gegrübelt, wie das Wochenende zu gestalten sei. Unvermittelt plötzlich hatte Kurt seinen Prolog beendet und er schwieg irgendwie auffordernd. Es stand zu befürchten, dass er unbemerkt eine Frage an alle angehängt hatte, auf die gerade keiner gefasst gewesen war. Es schien keiner eine Frage gehört zu haben, und so starrte alles betroffen ins Heftchen, auf Kurt, ins Heftchen, wieder auf Kurt, und ein zähes Schweigen breitete sich aus. Kurt derweil, wachen

Auges, verlegte sich darauf, geheimnisvoll zu grinsen, jenes Grinsen, von dem man nicht wusste, ob es gutmütig gemeint war, oder ob es sagen wollte: In Wahrheit seid ihr doch alle eine amorphe, dumme und graue Masse, und mit euch muss ich meine kostbare Zeit verplempern. Immerhin wurden diejenigen, die es wagten, diesem Grinsen ins Gesicht zu sehen, mit einem Nicken ermutigt, ganz vernichtend konnte es also nicht gemeint sein, nur verhalf das Nicken auch keinem der Ratlosen, die es geschaut und denen es gegolten hatte, dazu, kurzerhand hellseherische Talente hervorzubringen, und Kurts garantiert ausgefuchste Frage direkt von seinen Stirnfurchen abzulesen.

Als circa drei Minuten lang intensiv geschwiegen worden war, wurde die lastende Stille auf einmal von einer hohen Stimme durchbrochen: »Kannst du die Frage nochmal wiederholen? Ich glaube, die hat hier keiner richtig verstanden.« Das war Meike, eine Schülerin, die sich nicht scheute, direkt zu sagen, was sie dachte, und sie dachte, dass stets der Lehrer dafür verantwortlich zu machen sei, wenn keiner eine Frage richtig verstand. Mit einem leicht vorwurfsvollen Ton hatte sie ihre Bitte hervorgebracht und danach glitt ihr mitleidiger Blick kurz über das unschuldige Häuflein Studierender, deren dumpfe, unwissende Mienen ihre Behauptung zu beglaubigen schienen.

Dann sah sie Kurt erhobenen Hauptes mitten in sein unverändertes Grinsen hinein, bis er endlich seine Stimme ertönen ließ: »Also, ich denke, es ist besser, wir lesen den Abschnitt nochmal laut vor. Seite 5, von Zeile 24 bis

30. Markus, wollen Sie das mal machen?«, er hatte wahrscheinlich gar nicht bemerkt, dass er Markus gesiezt hatte. Markus zuckte zusammen, räusperte sich, holte Luft und begann: »Eine Dame (zu Herault): Was haben Sie nur mit ihren Fingern vor? – Herault: Nichts! – Dame: Schlagen Sie den Daumen nicht so ein, es ist kaum zum Ansehn! – Herault: Sehn Sie nur, das Ding hat eine ganz eigene Physiognomie« – wieder mit einem Räuspern beendete Markus seinen Auftrag.

»Was hat dieser Dialog im Kontext für eine Funktion?«

Rätselhaft grinste Kurt den Leistungskurs an, während sein Blick von einem ratlosen Gesicht zum nächsten wanderte. Wieder und wieder las man nun jene verflixten sieben Zeilen, um herauszufinden, was Kurt wohl meinte, welche »Funktion« sie haben mögen. Und wieder wurde geschwiegen, diesmal zwar kein Schweigen der völligen Ahnungslosigkeit mehr, immerhin inzwischen eines des Grübelns über einen einigermaßen konkreten Gegenstand, aber was Kurt hören wollte, war immer noch niemandem klar. Der aber überwand sich, und lieferte noch eine Anschlussfrage auf Deutsch nach: »Um was geht es hier eigentlich im Dialog?«. Eine Vene auf Kurts Stirn schwoll gerade blau an, sein Grinsen war wie eingefroren.

«Um einen Daumen!« versetzte Markus plötzlich und etwas linkisch. Er selbst war überrascht von seinem eruptiven Leistungsschub. Kurts Ader schrumpfte, sein Grinsen wurde breiter, fast schon fröhlich. Durch die Körper der Studierenden lief eine Welle der Entspannung. Es entstand offenbar so etwas wie eine Diskussion. »Geht es hier wirklich um einen Daumen?«, jetzt blitzen Kurts schlaue Augen siegessicher in die Runde – nur sein Funke wollte und wollte immer noch nicht überspringen.

Markus beschloss, der Telepathie doch noch eine Chance zu geben. Mit zusammengekniffenen Lidern fixierte er nacheinander jede einzelne Falte in Kurts Antlitz. Sollte das wahr sein? Kurt Wolkewitz wollte doch wohl nicht andeuten, dass…? Nein, unmöglich. Kurt funkelte und nickte Markus jetzt mehrere Male heftig zu, als meinte er, die telepathische Post wäre angekommen, als wäre er sicher, Markus habe die Lösung und er bräuchte sie nur noch auszuspucken. Aber Markus senkte den Blick, er gab es auf. Ihm war zwar etwas eingefallen, aber wahrscheinlich nur, weil es ihm immer einfiel, wenn ihm nichts anderes mehr einfiel.

»Aber es ist doch klar« platzte es aus Kurt heraus, »es geht hier um einen Penis, der Daumen ist ein Phallussymbol. Herault macht obszöne Gesten, der Daumen steht für einen Penis!«. Kurt rief, da er leicht lispelte, das »s« vom »Penis« als eine Mischung aus »s« und »f« heraus, und dieses Zischen stand noch in der Luft, als Markus heftig errötete und der Rest des Kurses fassungslos seinen Lehrer anstarrte, der triumphierend zurückgrinste.

DREIZEHN

Ein asphaltierter Hof von ausladender Größe, der an zwei Vormittagen der Woche auch als Marktplatz genutzt wurde, war heute Abend zu einem Drittel mit Tischen umd Klappbänken zugestellt. Im Sommer war dies einer der von Studierenden bevorzugten Freilufttreffpunkte, und selbst an diesem kühlen Spätsommerabend hatten sich an die hundert Leute warm angezogen, um noch einmal mit von der Partie zu sein. Dabei passierte eigentlich gar nichts, außer dass man Teil einer größeren Menschenansammlung unter freiem Himmel war, deren zum Großteil wohlerzogener Tonfall ein fortwährendes Raunen in die Luft fabrizierte, bestehend aus vielen kleinen Studentengesprächen.

Fröstelnd, übellaunig und erschöpft, klemmte Markus nun in einer dieser Bänke, eine Zigarette qualmend, neben sich Anna, eine seiner Mitschülerinnen, die einzige, die sich heute zu einem »Stammtisch« nach der Schule hatte überreden lassen. Markus war es recht so. Anna verfügte über ein aufgeschlossenes Ohr, war immer für ein offenes Wort empfänglich, und Markus wollte reden heute, sich auslassen über sein marodes Liebesleben und dabei Anna in die katholischen blauen Augen sehen, Ablass erbitten für Verfehlungen, die sich bei ihm zwangsläufig ergaben, die, wie sein Atem, wie der Schlag seines Herzens, nicht aus seinem Dasein wegzudenken waren.

Anna war Zeugin gewesen, als Babette Markus in aller Öffentlichkeit zu seinen aktuellen Liaisons befragt hatte und sie hatte darüber hinaus hie und da vertraulich Stichworte von seiner Seite zugeflüstert bekommen, bezüglich des Fortgangs seiner Abenteuer. Sie war immer interessiert und beteiligt, wenn Markus seine kleinen Freuden und Leiden mit der Welt zu teilen nicht mehr umhin konnte. Sie war seine Beichtmutter, und Markus konnte darauf vertrauen, dass er keine ihrer Unterredungen am Ende ohne Absolution verlassen musste.

Anna, in ihrem buntgewirkten Strickpullover, selbst hier im Freien ihren mit vegetarischen Küchendünsten angereicherten Eigengeruch verströmend, blickte Markus unter ihrem strohgelben, etwas zerfransten Schopf aus ihren stets freundlichen, aber etwas ungenauen wasserblauen Augen an. Kein Wort würde ihr zu viel, kein Satz zu lang, keine Ausführung zu langatmig oder langweilig sein, und so begann er zu berichten, was er in letzter Zeit erlebt hatte; hauptsächlich die Sache mit Merle. Je weiter er fortschritt, desto mehr ging Anna mit in seinen Gefühlen, war voller Verständnis für seine Leiden, als sei es ausgemachte Sache, dass er, den ewigen Gesetzen des Lebens zum Trotz, ein Vorrecht auf Schmerzfreiheit habe, ja, dass es eine Unverschämtheit vom Leben sei, wenn es Markus nicht das gewährte, was Markus haben wollte.

Sich selbst stellte Anna hintan, sie ließ ihm Raum für mindestens zwei, dieses Verhältnis hatte sich, seit sie sich kannten, zwischen ihnen so eingependelt, und wenn Anna gelegentlich angesetzt hatte, ihr eigenes Erleben zu thematisieren, dann beschränkte sich Markus darauf, wenige, halb interessierte Erkundigungen einzuholen, und, da ihr Mitteilungsdrang um Grade schwächer ausgebildet war, als der von Markus, ergab es sich immer wieder schnell von selbst, dass er redete und sie zuhörte.

Nie hatte sich Markus übrigens gefragt, wieso sich Anna für ihn Zeit nahm. Er hielt ihre Freundlichkeit für Höflichkeit und ihre Höflichkeit erklärte er sich als eine Art Zurückhaltung, hinter der sich vielleicht auch ganz eigene unausgesprochene und vielleicht auch kritische Ansichten verbargen über das, was er so ungebremst ausplauderte. Doch mit solch punktuellen Bedenken hielt er sich nicht lange auf, schnell waren sie von Interessanterem, vom Fluss der eigenen Rede fortgeschwemmt. Dass Anna vielleicht verliebt in ihn war, war für Markus ausgeschlossen, denn er war ja auch nicht in sie verliebt.

Und Markus redete. Er redete von Merle, von Claudia und wieder Merle, und das führte dazu, dass er immer noch trauriger wurde, als er es am Anfang gewesen war. Er hatte sich wieder an Merle erinnert, an diese beeindruckende Aufmerksamkeit, die sie ihm geschenkt hatte, an ihre Nähe, und wenn er zwar auch im Moment im Genuss ungeteilter Aufmerksamkeit stand, so spürte er gerade deutlich, wie anders und bedeutend ihm doch Merles Interesse gewesen war. Und während er sich dem Ende seines Berichtes näherte, machte sich eine große Traurigkeit in ihm breit. Jetzt, wo er doch gerade anfing, sich nach ihr zu sehnen, sollte doch schon alles vorbei sein. Jetzt, da er versuchte, Merle als einen Gegenstand seiner abgelegten Historie zu betrachten, wusste er, dass ihn das Gefühl einer Zugehörigkeit zu Merle seit der ersten Begegnung mit ihr in keiner Weise verlassen hatte. Und nun, als er versuchte, offiziell und vor Annas Augen und Ohren dieses Band zu durchtrennen, spürte er erst seine Verbundenheit mit ihr. Zugleich mit dieser fundamentalen Erkenntnis über Merles Rang in seinem Leben stieg in ihm aber auch ein Zorn auf, gerecht und in seiner Tiefe noch kaum auslotbar. Auf einmal litt Markus nicht mehr nur kleinlich und gewöhnlich wie ein Hund, jetzt litt er wegen höherer Werte, nämlich wegen der vertanen Chance zweier Individuen die jeweilige Beschränktheit ihrer Existenzen mit Hilfe der Liebe (wenn es keine war, dann auf jeden Fall eine viel versprechende Vorform) aufzuheben, zumindest partiell, zumindest erst Mal in körperlicher Hinsicht. Merle wollte ja nicht erkennen und gelten lassen, was er nun, wenn auch verspätet, erkannt und gelten lassen musste: Es war wahrscheinlich die Liebe, und die wirft man nicht weg, Merle! Und man macht nicht einem armen Markus Hoffnungen, die man kurz danach zerstreut, nur um jemanden nicht zu enttäuschen, den man dann doch nicht liebte.

Anna hatte beobachtet, wie Markus' Verfassung sich im Zuge seiner Schilderungen verwandelt hatte von einer desillusionierten Melancholie in einen Zustand abgründiger Tragik. Seine Augen blitzten wild, als er am Ende an einem Höhepunkt ankam, dabei Annes Hunger auf primäre Gefühle aus zweiter Hand um ein Vielfaches sättigte, sein Innerstes nach außen stülpte und schließlich selbst so erschüttert war von den Ausmaßen seines privaten kleinen Elends, dass er nur noch betroffen und begeistert von sich selbst in ein dramatisches Schweigen verfiel. Einen langen ergriffenen Moment lang blickten Anna und Markus sich in die Augen, und dann sagte sie: »Das ist ja wirklich eine Scheiße. Ich hol' erst Mal noch ein Bier. Du willst ja sicher auch noch eins?« Markus konnte gerade noch seufzen und nicken.

Es war das dritte Bier, das er heute in der Hand hielt und die zwanzigste Zigarette, an der er zog, und langsam reifte in ihm der Entschluss, es dieser Merle und damit allen im Kern doch gleichen Frauen zu zeigen: Er würde sich schon holen, was diese eine ihm verwehrte, er würde, wenn es drauf ankommt, heute Abend zehn Frauen kennen und lieben lernen, ja, er würde sich gehen lassen, in jede Richtung und in jeder Hinsicht, er würde trinken, bis er sich vergaß. Und ein dunkler Drang bildete sich in ihm aus, konform und Hand in Hand mit seinem Alkoholpegel. Das würde noch ein Spaß werden!

Anna versuchte zwar noch ein paar Anmerkungen zu seiner Geschichte zu machen, aber Markus kippte das dritte und vorsichtshalber gleich das vierte Bier, um sich dann, Fatalismus im Blick, von Anna mit den Worten zu verabschieden: »Ich geh' jetzt in die ›Peripherie!‹«

Verständnisvoll sah ihm Anna hinterher, der genügend katholische Verhaltensregeln eingefleischt waren, dass sie manchmal Markus beneidete, um sein ereignisreiches, aus allen möglichen Höhen und Tiefen bestehendes Lotterleben. Für Anna aber ging dieser schöne Abend bald schon zu Ende.

VIERZEHN

Es war merklich kühler geworden, beinahe kalt, als Markus auf seinem grünen Herrenrad zügig den Fußgängerbereich der Innenstadt durchquerte. Dort herrschte reger Betrieb, obwohl es schon auf ein Uhr ging. Angeheiterte Schüler und Studenten wechselten die Lokalitäten, scherzend, laut und aufreizend lachend, Entgegenkommende des anderen Geschlechtes unverhohlen begaffend. Das Nachtleben in der kleinen Studentenstadt kam jetzt erst richtig in Gang. Jetzt, da man sich in einer Art Aufwärmphase angeregt hatte, waren die sexuellen Energien befördert. Eine allgemeine Bereitschaft zur Spontaneität, zum Spiel mit Zufall und Hormonen, die man in sich kreisen spürte und die sich in den hitzigen Blicken der anderen verbargen, Reizempfänglichkeit und Überreiztheit elektrisierten die Atmosphäre. Jugendliche Hypermotorik hatte manchen Burschen zu schnell zu viel Erlebnisdurst entwickeln lassen, welcher von ihm oftmals als Bierdurst gedeutet wurde. Und so torkelte auch schon manch grölender Schnurrbartträger, der zielstrebig seine Pegelgrenze überschritten hatte, stolperte manch schmächtiger Mathematikstudent, der erstsemestrig und ohne Routine noch nicht einmal ahnte, dass ihm der Alkohol, ob er es wolle oder nicht, seine Grenzen aufzeigen würde, über das nächtliche Pflaster, überholt von auf Stöckelschuhen einher stolzierenden Grüppchen beschwipster Kindfrauen, in ihren modischen Leggingsbeinen, deren Dauerwellen mittels chemischer Präparate zum Glitzern gebracht worden waren, und die in der plumpen Logik von Kosmetikreklamen Attacken mit ihren aggressiven und billigen Parfüms verübten, brachiale Düfte in ihre Umwelt verschossen, die lange nachdem die kichernden Girls in Seitenstraßen verschwunden waren, noch zäh und erstickend in der Luft lagen.

Entschlossen durchquerte Markus auf seinem Rad diese Promenade. Wieder kam er an der Lokomotive vorbei. Er bemerkte sie nicht. Dann bog er ab, ließ das Rad die letzten Meter ausrollen, lehnte es an eine Hauswand, kettete es an einem Fallrohr fest, zog die grellrote Schultasche vom Gepäckträger, dass der Bügel knallend zurückschnappte, hatte gerade noch zehn Schritte bis zum Eingang der »Peripherie«, da erst sah er sie: Es war Merle. Als wären sie verabredet gewesen, kam sie in diesem Moment vor der »Peripherie« an. Aber sie war nicht allein. Sie wurde begleitet von einem Mann, den Markus nicht kannte und dessen Gesicht mit bewusst langen Koteletten ausgestattet war. Und hinter diesem näherte sich Karl. Es brauchte nur einen Augenblick, um die verschiedensten Kettenreaktionen in den Gefühlslagen von mindestens dreien dieser hier Aufeinanderstoßenden zu entfesseln.

Merle, die heute ausgesprochen hübsch wirkte, schenkte Markus ein beinahe selbstvergessenes Lächeln, so dass sich deutlich ihr Grübchen in der rechten Wange zeigte. Markus hingegen war immer noch fast enttäuscht, sie zu sehen. Sie würde ihn doch nur von seinem Vorhaben der grenzenlosen Ausschweifung ablenken und ihn mit ihren schönen Augen an das erinnern, was er nicht haben durfte. Gleichwohl nahm ihn ihr Lächeln wieder mit Macht gefangen und es senkte sich intensiv in sein Empfinden, so dass er nicht umhinkonnte, sich eine Art Freude über diese nächtliche Begegnung einzugestehen.

Karls anfänglich gelöster Gesichtsausdruck hatte sich schnell in eine düstere Grimasse verwandelt, er hatte den Kopf sinken lassen und offenbar probiert, Markus, und das Schlimmere, Merles Lächeln für Markus, zu ignorieren, was ihm aber nicht gelang. Bis ins Mark gequält, versuchte er gleichmütig auszusehen, doch sein Unglück mit der Entwicklung des Abends konnte er nicht verbergen. Der andere, der schlaksige Kotelettenmann, schien erstaunt über den jähen Stimmungsumschwung seiner Begleiter und er trottete leicht irritiert hinterdrein, als die beiden anderen in gemessenem Abstand Markus folgten, der auch noch aus Versehen und vor Schreck ein »Hallo« gemurmelt hatte und dann schnell im Eingang der »Peripherie« verschwand.

Drinnen schob Markus seine Schultasche unter eine Bank und stellte sich hinter eine dicke, verspiegelte Säule, die etwas tiefer in den Räumlichkeiten und nahe der höheren Tanzfläche gelegen, ihn vor den Blicken Merles und ihrer beiden Begleiter verbergen sollte, aber zugleich ihm die Möglichkeit bot, einen guten Überblick über alle Bereiche der Diskothek zu behalten.

Es hätte ja auch schließlich sein können, dass Claudia auf die Idee gekommen war, am Abend vor ihrer beider Zweifelhaftes verheißenden Verabredung, ihre Unsicherheit und Bedenken in Zerstreuung aufzulösen. Aber zum Glück, war keine Claudia weit und breit zu sehen, so dass Markus versuchen konnte in vorläufiger Ruhe einigermaßen klare Gedanken zu denken.

Die Durchführbarkeit seiner geplanten unkontrollierten Seinsfreude stand ja nun für die unabsehbare Dauer von Merles und Karls Anwesenheit irgendwie in Frage, und zudem erschien ihm sein Abenteuerdrang durch Merles Gegenwart, die er wieder fast physisch spürte, plötzlich albern und kindisch geworden. Stattdessen machte ihn das Gefühl einer großen inneren Spannung unfähig sich zu rühren, und ihm war, als sei es das unsichtbare Band zwischen Merle und ihm, das sich hier spannte, fester und spürbarer denn je zuvor. Da war sie wieder, diese Unausweichlichkeit, die Merle immer für ihn bedeutet hatte, auch in den Momenten, in denen er glaubte, unabhängig zu sein. Allein das Gefühl ihrer Anwesenheit stellte das Gefühl wieder her, sie gehöre unmittelbar zu ihm. Nur waren jetzt keine Zweifel mehr darin verwoben. Seine Empfindung war so komplett, dass sie ihm so selbstverständlich vorkam wie das Gesetz der Schwerkraft. Für Markus war jetzt klar: Er wollte Merle kennen lernen, er wollte ihre Anwesenheit, ihre Augen, ihr Lächeln und ihr Doppelkinn. Und mochte Merle auch mit Karl zusammen sein, so konnte das nichts mehr an seiner Entscheidung ändern. Mochte er sich auch in Zukunft nach ihr verzehren, er würde wissen, weshalb er litt. Er hatte das für ihn Richtige gewählt, und wenn es Leiden bedeutete, dann würde es ein sinnvolles und aufrechtes Leiden sein, es würde nichts mit der Fragwürdigkeit eines Leidens zu tun haben, das durch die Ziellosigkeit des Wankelmuts entsteht. Er müsste demnach auch nicht mehr seine persönliche Charakterschwäche oder seine Orientierungslosigkeit als Grund für seine Leiden verantwortlich machen, denn er sagte sich, dass ja selbst sein Entschluss, sein Leben bedingungslos Merle zu widmen, letztlich außerhalb seiner eigenen Verantwortlichkeit läge, dass er nur dem folge, was etwas von ihm Unabhängiges, Größeres, eine Art von Bestimmung, eine Art körperloser Liebe, in seine Seele hinein imprägniert hatte. An ihm selber war es lediglich gewesen, diese Außerordentlichkeit und Höherwertigkeit, die sich nun in ihm manifestierte, zu erkennen als das, was sie war, und ihr einen Entfaltungsraum zu bieten – welches dann an sich zwar schon eine ziemlich eigenmächtige Handlung gewesen wäre, aber: Hätte er überhaupt und irgendwie gegen die Übermacht jenes umfassenden Gefühls für Merle handeln können? Eben nicht!

Nun beschloss Markus, etwas zu tun. Er musste einerseits die Lage peilen und er benötigte endlich ein Bier und das Naheliegende war, beides miteinander zu kombinieren. Die lange Theke lag in dem Bereich, vor dem er sich hinter der Säule verkrochen hatte, weil er dort Merle mit ihrem Männeranhang vermutete. Ein kurzer Blick bestätigte seine Vermutung, jedenfalls Merle und Karl hockten am linken Thekenrand, also musste er beim Kellner auf der rechten Seite seine Bestellung tätigen. Er würde dort so tun, als kenne er die beiden nicht, war es denn nicht das, was Karl, und deshalb Merle, von ihm erwarteten?

Gerade hatte er sich an einer etwas größeren Gruppe vorbeigedrängelt, als aus dem Menschenpulk vor ihm sich plötzlich Merle herausschob. Offenbar ebenso überrascht wie er, blieb sie nah vor ihm stehen, knüpfte nahtlos an ihr Lächeln von vorhin an und sprach: »Ich freue mich sehr, dich zu sehen.« Auch Markus lächelte zunächst unwillkürlich, versuchte dann aber streng auszusehen, und antwortete: »Du darfst mich aber nicht sehen!«. Es sah so aus, als amüsierte sie sich über ihn, und sie sagte, immer noch lächelnd: »Soll ich denn jetzt immer um dich herum gucken?«. Gleichzeitig unschuldig und verführerisch sah sie ihm tief in die Augen, so dass ihm das Blut in den Kopf strömte.

Diese Merle hatte nichts mehr von der ernsten Ergebenheit, mit welcher jene Merle am Telefon rückhaltlos Karls Wünschen hatte Folge leisten wollen. Ihr Blick allein schon führte diesen Pakt ad absurdum. Dieser Blick aus ihren blassblauen Augen, der in seiner Intimität Markus in diesem Moment alles zu versprechen schien – alles, worauf Karl im gleichen Moment jeglichen Anspruch verloren haben musste. Einen Moment lang stand Markus gelähmt da unter dieser nahezu körperlichen Annäherung, da bemerkte er, dass Karl offenbar die ganze Szene beobachtet haben musste. Er saß immer noch hinten, und in seinen Augen stand die pure Eifersucht.

Markus riss sich los, er stieß noch ein wenig überzeugendes »Ja« (ja, sie müsse immer um ihn herum gucken) hervor, ließ sie stehen und schritt davon, halb entrüstet und erotisch ganz aufgewühlt. An der Theke starrte Markus nur noch zum Chefkellner, der, wie immer, ihn nur zu identifizieren brauchte, um mit der respektvollen Anrede »Chef!« automatisch eine Flasche nulldrei Pils auf den Tresen zu zaubern, sie schnalzend zu entkronen, welche Markus in gleicher Routine zu bezahlen und in Empfang zu nehmen pflegte. Der Bestellvorgang in der »Peripherie« hatte tatsächlich etwas von der Ökonomie, wie man sie sonst bei gut eingespielten Feuerwehrmannschaften antrifft, etwa bei der wieselflinken Verkoppelung der Löschschläuche, jedenfalls so lange es Markus war, der bestellte, dessen Trinkbedürfnisse durch die völlige Abwesenheit von Variabilität bestachen. Es gab, zugegeben, Gelegenheiten, zu denen Markus ausnahmsweise nicht ein Bier nulldrei bestellte, dann nämlich, wenn es zwei Biere sein sollten (zum Beispiel, um eine Dame zu bezaubern), aber auch dieser Kauf bedurfte ja meistens keiner Worte. Markus brauchte lediglich Daumen und Zeigefinger hochzuhalten, um zuverlässige Augenblicke später zwei kühle, grüne Flaschen davontragen zu können.

Schnell druckste sich Markus mit seinem Pils wieder in die fadenscheinige Deckung seiner Säule, da kam Merle schon wieder direkt auf ihn zu. Und leider war Merle heute besonders hübsch, ihr wasserstoffblondiertes Haar war das bestgewaschenste, das Markus seit Langem gesehen hatte und ihre rätselhaft schönen Augen badeten ihn in ihrem Graublau, als sie sich vor ihn hinstellte und ihn verlegen machte.

»Also angucken kannst du mich ja vielleicht noch dürfen, aber extra zu mir kommen und mit mir reden, ist ja wirklich nicht das, was du vorhattest«, zwang sich Markus schnell vorab das zu kommentieren, was noch gar nicht passiert war. Merles Stimme klang tief, fraulich und ein wenig lax: »Es reicht ja wohl völlig, wenn ich mich mit dir nicht verabrede. Wenn wir uns mal zufällig treffen, dann können wir ja wohl nichts dafür!«

»Aber für solche zufälligen Treffs bin ich mir dann ehrlich gesagt auch zu schade. Entweder du nimmst dir das Recht, zu tun was du willst, oder du lässt es bleiben. Alles andere ist inkonsequent.« Er hatte seine Stimme ein wenig erhoben, und war beim Wort »inkonsequent« einen kleinen Schritt zurückgewichen, um Merle klar zu machen, dass er gänzlich anderer Meinung sei als sie. Merle war ein wenig zusammengezuckt angesichts seiner überraschenderweise vorhandenen Moral, und sie retournierte kleinmäulig: »Na gut, dann rede ich eben nicht mehr mit dir, aber drehen darf ich mir doch wenigstens eine?«. Sie tat ganz so, als wäre es Markus gewesen, der ihr die Kontaktaufnahme verboten hatte, und wie ein indigniertes Unschuldslamm nahm sie nun seinen widerwillig hingehaltenen Tabak entgegen, wandte sich halb von ihm ab, verlegte ihr Gewicht auf ein Standbein, winkelte das durchgedrückte andere Bein von sich weg, so dass ihr spitzbeschuhter Fuß wie eine Waffe von ihr wegzeigte und begann zu schweigen, während sie sich ungeschickt und umständlich an Markus' Tabak zu schaffen machte.

Aus dem Augenwinkel bemerkte Markus, wie Karl sich heftig mit seinem langkotelettigen Bekannten beriet, während Merle ausdauernd und zeitgreifend neben Markus festgewurzelt war, so lange eben ihre Zigarettenherstellung dauerte.

Als sie endlich die Tabaktüte verschlossen hatte, sie ihm selbige wortlos und rückwärts in die ausgestreckte Hand praktizierte, sich der Tanzfläche zuwandte, die Zigarette ansteckte, die Tanzenden beobachtete und dabei die ganze Zeit in seiner Nähe blieb, begann Markus' Empörung zu schrumpfen um dem vorigen Gefühl der gelassenen Zugehörigkeit zu ihr eine stetige Ausdehnung zu verschaffen. Jetzt, wo sie, zum Greifen nahe, neben ihm stand, trug die kleinste Regung, die von ihr ausging, für ihn Merkmale ausschließlich ihm vorbehaltener Botschaften. Der so gewöhnliche Akt des Zigarettendrehens wurde von Markus im Nachhinein als Akt und Ausdruck einer intensiven Gemeinschaftlichkeit gedeutet, dem Hin- und Herreichen des Tabaks wohnte Musik und Liebe inne, das beiläufigste Verhalten, das zwischen ihnen geschah, war Ausdruck einer rätselhaften Synchronizität, als wären sie zwei Seiten einer Münze. Er spürte dies ganz deutlich, und so verschwiegen Merle nun auch vor ihm stand, war ihm, als könne er sie wirklich begreifen, so wie er nur seine Hände hätte ausstrecken müssen, um sie zu berühren, als Merle auf einmal in Bewegung geriet, ihn kurz ernst und wortlos über ihre Schulter hinweg ansah, ihn verließ und zu Karl ging, der sie mit einer bis zum Äußersten angespannten Miene erwartete.

Inzwischen war es voller geworden in der »Peripherie«, selbst Markus' Stehplatz an der Säule wurde mehr und mehr zu einem ungemütlichen Aufenthaltsort, weil andauernd jemand vorbei wollte, oder sich zwei gleichzeitig da trafen, wo Markus auch war und er immer öfter von vorne, von hinten oder von der Seite aus gestoßen, geschoben oder geschubst wurde. Bevor er sich auf die Suche nach einem gemütlicheren Winkel machte, schickte er noch einen prüfenden Blick zu Merle und Karl. Die nahmen ihn nicht wahr, sie nahmen offensichtlich nichts mehr wahr außer ihrer gegenseitigen konfliktgeladenen Anwesenheit. Karl redete eindringlich auf Merle ein, Merle starrte verärgert und uneinsichtig auf die Kante des Tresens.

Von seinem neuen, wandnahen Platz aus war seine Sicht zu ihnen nur gelegentlich verstellt, allerdings blieb das eben gebotene Bild ein nahezu unverändertes. Auffällig war nur, dass der junge Mann mit den Koteletten verschwunden war, auch in der weiteren Umgebung des sich streitenden Paares war er nicht mehr auszumachen.

Gerade beschloss Markus, seinen Augen die nun freiere Sicht auf die Tanzfläche zu gönnen, da fand er sich ihm auf einmal Aug' in Auge gegenüber. Ungeniert behielt der seinen Blick auf Markus gerichtet, als wolle er prüfen, welche Art von Kerl es gewagt hatte, der Beziehung zwischen Merle und Karl derart empfindliche Beschädigungen beizubringen. Von jenseits der Tanzfläche musste er Markus offenbar schon länger beobachtet haben, gelassen lehnte er dort drüben an der Wand, wie jemand, der schon ein bisschen Zeit gehabt hat, es sich in Ruhe bequem zu machen.

Markus fühlte sich zunehmend unwohl. Er haderte mit dem Gedanken, zu bleiben, aber er wollte nicht jetzt das Feld, sein Feld, in seiner »Peripherie« räumen. Wenn nur nicht sein Observator von gegenüber gewesen wäre, der machte ihn langsam nervös. Denn der guckte nun zwar ab und zu zur Tanzfläche, aber seine Augen suchten immer wieder Markus, als habe der nicht schon längst sämtliche Geheimnisse, die das Äußere über einen Menschen verraten können, abgestrahlt und preisgegeben – mehr als dumm dastehen konnte er schließlich auch nicht – oder erwartete der da drüben von Markus etwa noch verschlagene, ehebrecherische Augenaufschläge oder liederliche Gesten, um wirklich glauben zu können, was doch sowieso schon unwiderruflich zwischen ihm und Merle geschehen war?

Zwischen »ja« und »nein«, zwischen Gehen und Bleiben gab es aber auch eine dritte Option, und die hieß Alkohol. Markus wählte kurzerhand dankbar selbige und drückte sich zur Theke durch, guckte, während seine Bestellung wieder wie am Schnürchen lief, kurz und unverblümt zu Karl und Merle hin, die inzwischen ins Schweigen verfallen waren, als seien sie dabei, in die Abgründe ihrer Seelen zu steigen, um auf dem Boden ihrer dunklen Gefühle finale Antworten zu finden.

Jetzt begriff Markus, dass es sich hier nicht mehr um einen normalen Beziehungsstreit handelte. Hier ging es der Beziehung an die Substanz. Berührt und beinahe ehrfürchtig griff Markus eilig nach seinem Bier nulldrei, um schnell zu verschwinden. Er konnte ja nur noch unnötig stören, was er bis zur schärfsten Konsequenz selber verursacht hatte – oder war die Verursacherin eigentlich Merle gewesen? Schicksalhaftes lag in der rauchigen Luft der »Peripherie«. Ein bedeutungsschwangerer Discoabend war das, und irgendwie tat ihm alles auf einmal leid. Fast wäre er zu beiden hinüber gegangen, hätte ihnen beschwichtigend auf die Schultern geklopft und gesagt, das sei doch alles nicht so gemeint gewesen, was er da gemacht hatte, sie sollten sich um Gotteswillen doch nicht seinetwegen gegenseitig unglücklich machen.

Doch genau so unvermittelt, wie diese Anwandlung über ihn gekommen war, verließ sie ihn auch wieder. Denn nein, sagte er sich, es hatte schon eine Bewandtnis mit allem, was hier und heute geschah, dies war nicht auf eine Nachlässigkeit oder Unachtsamkeit des Lebens zurückzuführen. Denn sein Gefühl für Merle war kein Ausrutscher, für den er sich hätte entschuldigen können, es war Teil seiner Realität. Er hätte es nicht mehr leugnen können, aber er wollte es auch nicht mehr leugnen, ganz gleich, welche Folgen das haben würde.

Wie von ungefähr berührte etwas seinen Arm. Merle stand direkt neben ihm. »Wir haben unsere Beziehung beendet«. Sie schien auf keine Antwort, aber darauf zu warten, dass sich ihre Worte gleichsam in eine Tatsache verwandelten. Nicht nur Markus, auch sie schien nur langsam zu begreifen, dass soeben eine grundlegende Veränderung stattgefunden hatte.

»Was? Echt?« Markus' Wortwahl und Gesichtsausdruck waren dem Ernst der Lage in keiner Weise angemessen. Auch als ihm Merle seine Frage ernst nickend bestätigte, fand er keine besseren Worte. Er hatte einfach nicht damit gerechnet. Nicht jetzt, nicht hier, nicht so plötzlich. Was sollte er auch sagen? Ihm fiel nichts ein. Sollte er sein Beileid bekunden? Das wäre geheuchelt gewesen. Sollte er gratulieren? Das wäre pietätlos gewesen. Also versuchte er es mit einer komplizierten Kombination mehrerer, sich zum Teil widersprechender Gesichtsausdrücke, bis sein Gesicht aussah, wie es Bestattungsunternehmern bei der Betreuung Hinterbliebener wohl als am meisten vorteilhaft erscheint: Gleichzeitig kondolierend

FÜNFZEHN

Das Leben besitzt einen Eingang und einen Ausgang. Soviel ist gewiss. Die Wege, die wir dazwischen, zwischen Geburt und Tod, beschreiten, bisweilen scheinen sie uns ein Ziel zu versprechen, bisweilen sind und bleiben sie dunkel und unerklärt. So klappern wir dahin. Wir, der Blinde mit dem Stock, ertasten den Stein, der uns umgibt und hoffen auf den Hohlklang, mit dem das Holz der Tür den Ausweg verheißt. Schläfrig der eine, rastlos der andere, gehen wir unsere Wege, und so manche Tür bleibt uns verschlossen, durch manche finden wir hindurch, nur um dahinter wieder eine Wand vorzufinden.

Doch was ist, wenn wir eine Tür aufstoßen, mit einem Mal sehend sind, Markus heißen, im Jahr 1989 in einer Universitätsstadt im Herzen von Deutschland leben und uns mit Merle in einem Raum befinden? Dazu später Näheres. Denn Merle machte es schwerer, sich mit ihr zu verabreden, als Markus geglaubt hatte. Dabei waren sie doch jetzt zusammen – oder etwa nicht?

Aber Markus musste sowieso zunächst einmal nach Hause fahren, einschlafen, aufwachen, frühstücken, duschen, also zunächst das Uninteressantere erledigen, bevor er sich dem Interessanteren zuwenden konnte und auch wollte.

Gelbliches Laub reflektierte die mittäglichen Sonnenstrahlen vor dem Fenster, noch war es warm, obwohl heute der Herbst begonnen hatte. Der lange Sommer war endgültig vorbei, und Markus war es zufrieden, gerade so, als habe er selbst etwas zu diesem Ende beigetragen. Und nun hockte er halb angezogen im Schneidersitz auf dem ungemachten Bett, vor sich das Telefon, den Hörer in seiner Linken, wählend mit der rechten Hand. Claudia nahm nicht ab. Das hätte sie auch nicht nötig gehabt, aber sie ging auch nicht ans Telefon. Das bedeutete, dass sie um vier Uhr vor der Tür stehen würde. Eigentlich hatte der Anruf bei ihr das verhindern sollen, aber danach war ihm eingefallen, dass das vielleicht doch zu unpersönlich gewesen wäre. Dann sollte sie also kommen und er würde sie also noch einmal sehen. Sie würde unvorbereitet sein. Sie würde annehmen, die Sache mit Merle habe sich erledigt. Weil nach dem letzten offiziellen Stand Merle mit Karl zusammenbleiben wollte. Aber selbst unter diesen Umständen musste sie skeptisch sein, und entsprechend zurückhaltend war sie am Mittwoch am Telefon gewesen. Und nun würde er sie endgültig enttäuschen. Und dafür würde sie den ganzen Berg zu ihm hochfahren.

Er stellte sich vor, wie sie über den langen Flur auf ihn zukommen würde. Einen kurzen Augenblick lang sah er ihr Gesicht vor sich. Wann hatte er eigentlich zum letzten Mal bewusst an Claudia gedacht? Kurz und schnell kamen seine Erinnerungen zurück: Ihr Kuss, seine Schlaflosigkeit, der Weg durch den Wald, ihre Stimme, Batida de Coco, Safti, die Lokomotive, die Umarmung, der lange zweite Kuss, der Rausch, die Spirale, die alles in ihr Zentrum zieht und – Schluss. Eine Nüchternheit, eine kühle Distanz war alles, was davon geblieben war. Als wäre es jemand anderes gewesen, der noch vor einer knappen Woche für sie verrückt werden wollte.

Aber so sollte es wohl sein. Unten in der Stadt war

Merle, und sie würde an ihn denken und sie hatte ihren Freund seinetwegen verlassen. Innen im Gemüt waren sie sich jetzt schon nahe, und sicher würde sie mit ihm zusammen sein wollen, und …

Markus überkam das unwiderstehliche Verlangen, Merles Stimme zu hören. Nach dem dritten Klingeln war sie am Telefon. »Es ist schön, dass du anrufst!« Sie hatte heute wieder ihren zurückhaltenden, etwas spröden Alt. Aber wie sie das gesagt hatte! Es klang so ernsthaft, als sei dieser Satz objektiv und unabänderlich für alle Zeiten wahr. Markus bräuchte in Zukunft, sobald einmal Selbstzweifel an ihm nagten, nur diese Telefonnummer zu wählen, seinen Namen zu nennen, und er würde mit diesem Minimum an Aufwand bereits schon etwas Schönes tun, würde Licht und Freude in die Welt bringen. Zumindest in die Welt von Merle. Bereits mit ihrem ersten Satz beherrschte sie die Kunst, sich Markus so vertraulich zu nähern, dass er sofort damit begann, seine gestrigen Pilse Nulldrei auszuschwitzen.

»Ja, ich freu' mich auch, dich zu hören«, versuchte Markus ein ebenso ernsthaftes und schönes Bekenntnis abzulegen, aber Merles Kunst der Intonation blieb ihm eine unerreichbare, zumal, wie er erst jetzt bemerkte, sein nächtlicher Alkohol- und Zigarettenkonsum sich in Form eines besonders zähen Schleimes auf seinen Stimmbändern niedergeschlagen hatte. Er knarrte und krähte abwechselnd. Mit einem Räuspern leitete er seinen nächsten Satz ein: »Und? Wie geht es dir heute nach alledem?« Er hatte bewusst in zwei Worten »geht es« gesagt, weil er so die Ernsthaftigkeit seiner Frage vermitteln wollte. Dieses war ein vertrauensvolles und sensibles Gespräch

zweier sensibler Menschen, die etwas füreinander emp-
fanden – da wäre ein »wie geht's« ein Rückfall in die
Barbarei des banalen Alltags gewesen. Aber hier ging es
um Bedeutung, um die des einen für den anderen und
deren wohl gewählte, angemessene Ausdrucksweise. Der
Gesprächston war also schon gefunden und gewählt, und
Merle hatte ihn angegeben. Merle, die dort unten irgendwo in der Stadt allein war, die sich märtyrerisch losgesagt
hatte von Karl, weil ihr Gefühl gesprochen hatte, weil es
»schön« war, wenn Markus anrief. Jawohl und sie litt, wie
sie zugab. Selbstverständlich litt sie auch ernsthaft unter
dem Verlust eines Freundes, doch mehr als eine Freundschaft sei es am Ende eben nicht gewesen. Und nun wolle
sie noch ein wenig zu sich selbst finden und ihn, also Markus, daher erst am nächsten Abend sehen, ob er das wohl
verstünde?

Mit allem, aber damit hatte Markus nach dieser Ouvertüre nun doch nicht gerechnet. »Klar, das verstehe ich
doch gut, dass du ein bisschen Zeit brauchst«, hörte er
sich sagen. Das klang nun aber ziemlich gereift. Vielleicht
hatte Merle ja die Gabe, Markus zu einem erwachsenen
Menschen zu machen? Also erst morgen und nicht heute
Abend. Die Zeit bis dahin erschien ihm zwar unerträglich
lang, aber Merle schien ihm über die Maßen vernünftig,
so dass er sich ihrer fast unwürdig fühlte. Er bewunderte
diese starke und reife Frau.

Und nun begann er, ihr Komplimente zu machen. Er
tat das, indem er betonte, wie schön es sei, ihre Stimme zu
hören, und er betonte, dass er sich schon auf morgen freute, und er betonte, dass sie ihm wirklich sehr wichtig sei.

Und Merle, die einzigartige Merle, erwiderte seine in ihren Ohren niedlichen Bekundungen, indem sie das reinste und wärmste Sonnenlicht durch das Telefonnetz der Deutschen Bundespost sandte, mit den erneuerten Worten: »Das ist schön!«, sodass es Markus schwach wurde und zwei Schweißtropfen zugleich aus seinen Achselhöhlen kühl auf den Bauch tropften. Von nun an in der festen Gewissheit, dass Merle die eine und einzige sein werde, der er alles, aber auch alles erzählen kann, begann er sogar von seinem Transpirationsvorgang zu berichten, während sie, die Geduldige, die Gleichmütige, die Freundliche, die sicherlich am anderen Ende der Leitung gütig Lächelnde, einfach nur zuhörte, so wie sie von jetzt an Markus immer zuhören würde, denn für sie war es schön, wenn er sie anrief, und wenn sie ihm sehr wichtig war, und daher war das auch für ihn schön, und daher war alles schön zur Zeit. Markus hätte ihr gerne gezeigt, wie richtig ihre Entscheidung doch gewesen war, aber da das Telefonnetz der Deutschen Bundespost Zuneigung in nur aufs Akustische begrenzten Dosen transportieren konnte, strampelte unser kleiner Markus sich verbale Hochleistungen von der taumeligen, liebestrunkenen Seele. Da Merle das offenbar lustig oder niedlich oder beides fand, schraubte er sich in immer hemmungslosere Albernheiten. Was hatten sie gelacht.

Als Merle am Ende ihr umständliches »Tschüss, Markus«, das am Ende immer in einem kleinen Lispeln steckenblieb, telefonmetallen aber intim seinem Ohr anvertraut hatte, so dass ihm schon wieder ganz wunderlich war, konnte er nicht anders, er musste noch schnell drauflos plappern: »Tschüss Merle, und viel Spaß, aber nicht zu viel Spaß, den sollst du dir für mich reservieren!« – Das andere Ende der Leitung lachte – »Ich hab dich gern!«, setzte Markus nach, – »Das ist schön, dass du mich gern hast«, und dann kam, ganz sachte: »Tschüss« – und darauf er: »Das ist schön, dass du das schön findest« – und sie: »Das ist schön, dass das schön ist.« – »Tschüss, Merle.« – »Tschüss, Markus« – »Bis morgen dann« – »Ja.« – »Ich freu mich schon.« – »Ich mich auch.« – »Tschüss.« – »Tschüss«. Der Hörer entglitt Markus rechter Hand und fiel auf die Gabel. Schweiß überall.

Versunken betrachtete er das cremefarbene Telefon. Im Grunde war dieses kleine dumme Gerät doch unentbehrlich. Er erinnerte sich all der ungezählten Gespräche, die ohne dieses unscheinbare Ding niemals geführt worden wären. Sie hatten nur stattgefunden, weil er in diesen Teil des Hörers hineingesprochen hatte und das andere Ende an sein Ohr gehalten. Und immer nur aus diesem einen kleinen Lautsprecher hatte er so viele unterschiedliche Botschaften empfangen, und in dieses kleine Mikrofon hinein hatte er Äußerungen jeglicher Art entsendet. Viele, viele Sprechakte waren getätigt worden, hatten sich in ermüdendem oder erregtem Wechsel ihren Weg durch diese kleinen Perforationen im Plastik gebahnt. Sprechakte, durch Mikrofone in elektrische Signale gewandelt und wieder als Schallwelle ausgegeben, in Sekundenbruchteilen und, wenn es sein muss, über hunderte von Kilometern, im Gleichstrom und mit Gabelschaltung, womit verhindert werde, dass man sich im Telefonhörer übermäßig selbst hört, denn wer will das schon? Wortwechsel, dringende, überflüssige, wichtige,

unnötige, erfreuliche, zermürbende, ermüdende, beglück-
ende, alle hatten diese schwarze Spiralkabel, diesen
cremefarbenen Kunststofthörer passiert, aber nicht im
Traum hatte Markus nur die Möglichkeit eines Telefona-
tes wie dem, das er eben geführt hatte, für sein kleines,
unwissendes Telefongerät und für sich selbst zu erträu-
men gewagt.

Es war eine Art von Aufklärung, die sich nun für Markus ereignete. Sie hatte sich zunächst in Gestalt einer
Schwitzigkeit angekündigt, war dann dem Schwindligen
durch die Poren gebrochen, um sich als Aerosol im Raum
zu verteilen. Pure Aufklärung verdampfte nun in Markus'
enger Stubenluft, ein eher anstrengendes Aroma verbrei-
tend, so dass Markus nicht mehr gut denken konnte. Seine Augen verformten sich zu Schlitzen, als er sich von
einer großen Müdigkeit in die Kissen ziehen ließ, es gerade noch schaffte, nach seinem Wecker zu fischen und
ihm eine der 16-Uhr-Marke beängstigend nahe Weckzeit
einzuprogrammieren, und um dann, inmitten der Unum-
stößlichkeit der Welt, des Zimmers, der Bettdecke, ein-
zuschlummern wie ein Kind.

Ein jähes Aufbäumen hatte seinen stumpfen Schlaf beendet. Die ruhige Fahrt durch einen grauen, konturlosen
Traum war nicht durch den Wecker, sondern durch ein
unbestimmtes Signal in seinem Hirn angehalten worden.
Es war bereits zwanzig vor vier, als Markus sich aus dem
schweißnassen Bett schälte, blöd in die Nasszelle tappte,
hier noch mehr Wasser ließ, vor dem Spiegel anhielt, um
mit eben jenen glasigen, ausdruckslosen Augen, die ihn
aus dem alkohol-, und schlafgedunsenen Gesicht anglotz-

ten, irgendetwas über sich selbst zu erfahren. Doch der da verriet nicht das Geringste über das, was er dachte, stattdessen fixierte er Markus wie ein widerlicher Voyeur. Und jetzt funkelte er ihn auch noch böse an, wohl weil er, Markus, sich seiner penetranten Neugier immer mehr verschloss. Aus dem Spiegel konnte er nichts über ihn erfahren. Dabei wäre vielleicht wenigstens der Anflug eines Lächelns eine Basis für eine zumindest äußerlich sichtbare Haltung gewesen, mit der er Claudia gegenübertreten konnte. Aber er hatte derzeit einfach keinen Anhaltspunkt über seine eigene Verfassung. Mechanisch zog er sich an, machte er nachlässig das Bett, stellte er den plötzlich lostrillernden Wecker aus und registrierte er, dass er wenigstens so etwas wie ein Hungergefühl besaß.

Markus' Gemütszustand übrigens pflegte sich meistens durch seinen Essensplan, speziell durch die Wahl der warmen Mahlzeiten zu verraten, und als er sich gestern für das Wochenende eingedeckt hatte, hatte er noch unter der Welt gelitten. Anders als normale Menschen, die sich etwas Gutes tun, wenn es ihnen schlecht geht, tat er sich kulinarisch Leid an, wenn er litt. Er bestrafte sich also selbst dafür, wenn die Welt schlecht war. Dieses Leid nun wartete in Form zweier preiswerter Konservendosen in Markus' Kochnischenregal darauf, ihn ein zweites Mal, dieses Mal in der Form von Geruchs- und Geschmacksbelästigungen, zu behelligen. Es musste allerdings schon weit gekommen sein, wenn Markus sich mittels Ravioli bestrafen wollte. Neben der unheilvoll orangefarbenen Raviolidose, nahm sich die eher für alltägliche Ärgerlichkeiten angemessene Dose Erbsensuppe, von Markus in seinem Inneren scherzhaft »Quälsuppe« genannt, wie ein kleines Glücksversprechen aus. Vielleicht dachte er nur gerade nicht nach, vielleicht wollte er das größere Übel aber auch nur schnell hinter sich bringen, er griff nach den Fleischtaschen (mit »freischwimmenden Fleischpartikeln«, wie es das Etikett selbstbewusst verkündete, als wäre das in den Teigbeuteln lauernde Hackfleisch nicht schon ekelerregend genug gewesen), öffnete und leerte die Dose in einen Topf, stellte diesen auf den Herd und machte dabei den Eindruck eines Menschen, der überhaupt nicht weiß, was er gerade tut.

Eben hatte sich der Anflug eines Gedankens in Markus' Hirn geformt; er begann zu überlegen, ob er Claudia vielleicht vorschlagen solle, in Zukunft eine Art Freundschaft mit ihm zu haben, da ratterte die Türklingel kurz und beherzt – das konnte nur sie sein. Schlagartig verließ ihn die Ruhe, er geriet ins Schwimmen und ließ nur noch geschehen. Er drückte auf den Summer. Die dreißig Meter, die zwischen der Treppe und ihm lagen, schienen ihm auf einmal unerträglich lang zu sein. Als er noch im Halbdunkel vor seiner Eingangstür stand und ihre Schritte sich nähern hörte, rannte er los, möglichst leise huschte er ihr entgegen, auf halber Strecke bremste er abrupt und versuchte souverän auszusehen. Aber in dem Augenblick, als ihr blonder Haarschopf aus dem Treppenhaus auftauchte, sprang er vor eines der Fenster und schaute hinaus, als gäbe es dahinter wer weiß etwas Interessanteres zu sehen als ein langweiliges Reihenhaus und eine ordentliche Reihe Pappeln.

»Hallo!« Claudia atmete kräftig, ihr Gesicht war leicht gerötet, sie trug mit sich den Geruch von Fahrtwind und frischem Mädchenschweiß. Ihrem offenen Blick wich Markus aus. Mit einem missglückenden Lächeln stapfte er vor ihr her und versuchte es mit Beiläufigkeit: »Tja, entschuldige, ich wußsste nicht genau, wann du kommen würdest, du hattest doch gesagt, irgendwann nach vier?« – Naja, ich hatte schon gesagt, ab vier komme ich.« – »Was soll's, ich bin ja zuhause!«. Er grinste kläglich. Claudia sah beunruhigt aus. »Setz dich doch erst mal hin, möchtest du einen Kaffee?« Sein Arm ruderte fahrig in Richtung Kochecke. »Ja, okay.« Sie setzte sich auf das Bett und beobachtete ihn aufmerksam. Auf dem Weg zur Kaffeemaschine sah er den Topf. Die Ravioli blubberten und die Tomatensoße spritzte über den Rand. Der Herd, der Boden, sogar die Wand war inzwischen bekleckert. Mit dem Topf, einem Untersetzer und einem Löffel kam er zu ihr zurück. »Tut mir Leid, wenn ich dir jetzt etwas voresse, aber das ist gerade fertig geworden.« – »Macht doch nichts.« Tief über den niedrigen Tisch gebeugt, versuchte er zu essen, um zu demonstrieren, dass er jetzt auf keinen Fall reden konnte, und verbrannte sich heftig Zunge und Gaumen. »Puh, ist ja doch ein bisschen heiß«, kommentierte er seine aktuelle Grimasse und Claudia sah beinahe empört zurück.

»Und, wie geht's dir so?« Markus versuchte tatsächlich so zu tun, als hätte er ihr nie zuvor irgendeine Art von Liebeserklärung gemacht. – »Ja, es geht so, und wie geht es Merle?« Im Affekt schaufelte sich Markus eine weitere Teigtasche in den Mund, die er sofort wieder prustend

ausspuckte, so dass sie klatschend in den Topf zurück-
fand. »Entschuldige bitte, mein Gott, das ist mir aber
peinlich«. Claudia überlegte, welche von seinen Peinlich-
keiten er wohl meinte. Dann richtete er sich auf, schob
den Teller von sich und sah ihr zum ersten Mal länger
ins Gesicht. Er sah etwas theatralisch drein, aber seine
Blässe war nicht gespielt: »Merle hat mit Karl Schluss gemacht.« – »Aha, wegen dir?« – »Ja, ich denke schon.« –
»Denkst du das oder weißt du das?« – »Na ja, ich weiß
es eigentlich schon, und ich glaube, ich habe mich jetzt
auch entschieden. Ich glaube, ich will mit Merle zusammen sein, zumindest erst mal sie kennenlernen.« – »Und
sie will dich auch kennenlernen?« – »Ja.«

Es war kein guter Moment, sich Claudias Gesicht für
die Zukunft einzuprägen, aber es würde wahrscheinlich
die letzte Gelegenheit sein, deshalb sah er sie einfach an.
Ihre Augen hatten sich verengt, ihr Blick haftete an irgendetwas draußen und ihre Lippen hatte sie aufeinander gepresst. Sie schien angestrengt nachzudenken, Von irgendwo her rief ein Kind nach seiner Mutter und aus Markus'
Kochecke ertönte das Röcheln der Kaffeemaschine.

»Es tut mir leid, Claudia«.

Messerscharf trafen ihn ihre Augen. »Was sollte dir
schon daran leidtun?« – »Na ja...« Markus verstummte. –
»Dann wünsch' ich dir viel Glück mit Merle«. Sie stand
auf und griff nach ihrem Beutel. »Möchtest du denn nicht
noch wenigstens einen Schluck Kaffee?« – »Ich glaube,
das bringt im Moment nichts.« – »Na gut, okay, wir sehen
uns ja wahrscheinlich wieder mal in der ›Peripherie?‹« –
»Vielleicht.« – »Mach's gut, Claudia.« An der Tür legte
er ihr unbeholfen die Hand auf die Schulter, sie zog ih-

re Schulter weg und ging, ohne sich noch einmal umzu-
drehen den endlos langen Flur hinab. Es war Markus, als
würde sie mit jedem Schritt eine der Möglichkeiten zer-
treten, die sie bis eben noch für sich und Markus gesehen
hatte, vielleicht auch solche, die er sich unbewusst selber
für irgendein Später hatte aufheben wollen.

Er schlurfte in sein Zimmer zurück und fiel in den Ses-
sel. Ohne zu denken, schaufelte er das Essen in sich hinein, dann legte er eine Platte auf, stellte sie wieder aus,
machte den Fernseher an, warf sich wieder aufs Bett, zog
sich aus und beschäftigte sich nebenbei mit seinem Ge-
nital. Irgendwann spürte er eine Art Verwunderung über
das Ausbleiben einer Schicksalsschwere, wie er sie doch
sonst in vergleichbaren Situationen immer dankbar zu
verspüren gewohnt war. Claudia tat ihm nach alledem
leid, ein wenig zumindest, aber er hatte irgendwo einmal gehört, dass Liebe nicht aus Mitleid heraus geschehen könne und das hatte er seitdem plausibel gefunden
und verinnerlicht. Aber nicht einmal der für ihn und seine Verhältnisse vordergründig mutige Akt, zu einer Entscheidung für eine und zugleich gegen eine andere Person
zu stehen, vermochte ihn aus der Banalität eines durch-
schnittlichen Samstagnachmittags zu erheben und mit
Bedeutungsschwere zu belohnen. Alles was er getan hatte, war, die Fahrspur zu wechseln und das in dem Moment, als ihm eine Abzweigung sinnvoll erschien. Und
er hatte es im Interesse seiner inneren Stabilität getan.
Vielleicht hätte Claudia ihn noch aus der Bahn geworfen, wenn nicht Merle rechtzeitig aufgetaucht wäre, mit
ihrem beruhigenden Naturell. Was wäre wohl passiert,

wenn er ihr nicht gerade noch rechtzeitig in ihrem wellenbrechenden Kielwasser in ihren anheimelnden Windschatten hinein gefolgt wäre?

Die Dunkelheit zog kühl durch das gekippte Fenster. Beruhigt, aber einsam, verharrte er nun im warmen Bett vorm Fernseher, der ihm graublaue Geschichten erzählte. Und Markus ließ alles geschehen. Wie Wolken senkten sich die Gnaden eines Nichts in sein Versteck, dann und wann durchbrochen durch sein sich räkelndes Geschlecht, das schnell besänftigt war, wenn er es in Gedanken an Merle liebkoste. Er war ja so vernünftig.

SECHZEHN

Es roch, als habe sich über den Dächern eine Blähung zugetragen, die, von schwerem, graublauen Gewölk tief in die Straßen gepresst, nirgends aus der Stadt entweichen konnte. Es war kalt geblieben. Wie um sich seiner selbst zu vergewissern, fand der Herbst pünktlich mit dem Datum seines Beginns statt, während unser Markus wieder unterwegs war, mit dem Rad, an einem Sonntagnachmittag, den Kopf gesenkt, die Augen auf den Asphalt geheftet. Irgendwie bescheiden sah er aus und klein, als er irgendwo durch sein Städtchen fuhr. Ein böiger, kühler Wind trieb den Geruch von Fäulnis vor sich her und machte den Mann auf seinem Rad frieren. Ganz gleichgültig angesichts seines bevorstehenden Glückes, fuhr Markus Wege ab, an die er sich sofort danach nicht mehr erinnern konnte. Erst das Ufer des Stadtsees ließ ihn ein wenig zu sich kommen und anhalten. Von einer kleinen Insel aus stiegen in steilen Bögen Vogelschwärme auf, um, noch im halben Aufschwung, plötzlich loszulassen und zu fallen, und dann sich zu fangen, ganz knapp über den Baumkronen des Inselwäldchens. Gleich würde er zu Merle fahren. Gleich würde endgültig dieses Neue beginnen, und Markus spürte nichts. Als er seine eigene Gleichgültigkeit bemerkte, überkam ihn ein großes Unglück und ein tiefes Sehnen. »Macht die wahre Liebe eigentlich immer unglücklich?«, hörte er sich sprechen zu den schwarzen Vögeln, die wie Rauch im Wind über der Insel auf und ab wehten.

Bei Einbruch der Dunkelheit kam er an ihr Haus. Merles Fenster waren von innen dicht und akkurat mit marokkanischen Decken verhangen. Nur die Helligkeit in den Oberlichtern verriet, dass in dem Raum Licht war. Er war pünktlich, als er den Klingelknopf drückte. Durch die Scheibe der Haustür sah er, wie sich eine halbe Treppe höher hinter Milchglas eine Tür öffnete. Dahinter erschien Merles Umriss, durchschritt die Milchglastür und wurde so zu Merle selbst, ein gebremst nervöses Mädchen, das hastig registrierte, wer da stand, sich ein bisschen zu schlaksig zum Summer drehte, um Markus einzulassen.

»Hallo«, Merle hatte, so schien es, die Absicht, ihrem Gruß Wohlklang beizumengen. Es gelang ihr auch, ihrem Minimallibretto eine warmherzige Melodie zu unterlegen. Merle sang »Hallo« in einer großen Terz abwärts; ob dies Viertel in Allegro oder Achtel in Andante waren, ließ sich nicht ermitteln. Das Intervall an sich war jedoch in treffsicherer Reinheit moduliert, mit kleinen Abstrichen bei der stimmlichen Konstanz, verursacht dadurch, dass das Straucheln der Stimmbänder in seiner raschen punktuellen Wiederkehr Merles Kehlkopfmuskulatur einen leichten Tremor aufnötigte und so ihrer Koloratur ein unfreiwilliges Tremolo hinzufügte. Merles Alt also war zittrig bei der Begrüßung, aber zugleich verhieß ihre tonale Umsetzung beste Absichten. Mit nur zwei Silben erschuf die Frau Versprechen, Rätsel und Widersprüchlichkeit.

So wurde sie mit einer Begrüßungsformel erneut zu jenem stimulanzvollen Terrain seiner Außenwahrnehmungen, welches sich in leichtgewichtiger Eleganz und perfide direkt den Weg zu seiner Seele zu bohren vermochte, um dort, vereinigt mit Markus Einbildungsvermögen, in einem schmalen Schrein ein Lämpchen zu entzünden. Aufgrund dankbarer Betroffenheit geriet sein »Hallo« mehr zu einer Frage. Es zog ihn zu ihr, ihrem Lächeln hinterher, ein paar Stufen durch verschmutztes Treppenhaus, hinter das Milchglas, über den mit einem staubverkrusteten Pseudoperser bedeckten Flur, der verwinkelt und verrammelt, verwüstet und verdreckt, automatisch in die Zimmerfluchten schlug; im Funzellicht dem Neuling nicht erschließbar, was Schrank, was Tür, was holzvertäfelt war. Einzig erkennbar war das Motto dieser Zweck-WG: Um gemeinsam genutzten Wohnbereich wird sich nicht gekümmert. Aber das stand nicht an der Wand, das sprach aus der Gesamtheit der Eindrücke. Was an der Wand klebte, war das Konterfei des Königs dieser Wildnis, ein Poster mit einem großen, bösen Vogel, dessen Klauen ein Häuflein Kleintierfleisch anheimgefallen war, ein blutgetränktes Häschenfell, das warm noch dem gefiederten Barbar den Appetit anregte. Die funzeligfinstere Flursituation mit diesem ersten Blick erinnernd und schockartig wieder erfassend, entzog sich Markus dem geifernden Adlerblick, fand schnell zu Merles wissendem Grübchen hinüber, denn sie lächelte immer noch, bedachte es dankbar mit einem schnellen Küsschen und folgte ihm – und ihr, der blassen Blonden in ihr Reich.

Dort schnuffte und wimmelte wieder jenes mit seinem redundant leidenschaftlichen Gemüt versehene, rotbraune Hundeweibchen und belästigte Markus mit überbordender Wiedersehensfreude, die in keinem Verhältnis zum Grad beider Bekanntschaft stand. Erst als Merle all dem Jubel ein Ende bereitet und beiden Parteien ihre Plätze zugewiesen hatte, dem Tier die Zimmerecke, dem jungen Mann den Stuhl am Kiefernholztisch, also erst als Markus saß, entströmte ihm ein erster langer Atem. Das erste tiefe Luftholen vor Ort war jedoch ein bemerkenswert mäßig befriedigendes. Es schien ihm, dass bei dem, womit er gerade seine Lungen füllte, von Luft im engeren Sinne kaum die Rede sein konnte. Die nach oben ausgedehnten Wände umschlossen ein Gemisch, dessen Sauerstoffanteile sich in merklicher Minderzahl gegenüber einer Gruppe freischwebender Staubpartikel befanden; ein Missverhältnis, dessen sich Markus hier nicht entsinnen konnte und welches er von seinem Zuhause gar nicht kannte: Sein Hausstaub war sauerstoffgetränkt. Was nun aber diese Melange bei Merle würzte, war neben den mehreren Kubikmetern hündisch durchgehechelter Schwüle ein Grundton, dessen Erdigkeit wahrscheinlich in dem dutzend Zimmerpflanzen, die verteilt im Raum ihr Blattwerk ergossen, beheimatet war, dessen eigenwillige Kopfnote aber sich Markus von Merles Haarwurzel herrührend erinnerte. Gewiss, dieses Duftkaleidoskop als Ganzes blieb gedämpft, aber der defizitäre Sauerstoff dämpfte auch ihn, legte sich ihm auf die Sinne und weckte in ihm die Sehnsucht nach einem sperrangelweit geöffneten Fenster. Doch das Fenster hinter dieser Frau im schlichten schwarzweißgrauen Pullover war regelrecht verrammelt, dichtgemacht mit arabischer Handwebarbeit, das Oberlicht geschlossen. Genau so stand es mit dem anderen Fenster, in dem Teil des Raums, der jenseits eines ehrfurchtgebietenden vor Büchern strotzenden Kiefernregals im Halbdunkel lag, jenem Teil, dessen Zwielicht bestückt war mit einem Möbel, welches Markus diffus hoffen ließ: Merles breites Bett.

Merles kleine weiße Finger ragten unbeholfen aus den Ärmeln, als sie versuchte den Sekt zu entdrahten: »Ach, das macht mich immer ganz nervös, den Sekt zu öffnen, aber irgendwie muss man ja an das Zeug rankommen!«, demonstrierte Merle ihre spezielle Art von Humor.

»Stimmt, aber mir geht's genauso. Ich trink' selten Sekt, deshalb kann ich das auch nicht richtig.« – »Wah!« machte Merle angewidert von ihrer eigenen Furcht, aber sie kämpfte weiter entschlossen mit dem Korken. Sie schüttelte sich und ihre Schlupflider flackerten türkis oberhalb ihrer blassblauen Iris, bis es ein »Popp« gab, und eine Menge teurer Schaum auf die Tischplatte sprudelte. Viel zu spät hielt Markus sein Glas hin. Sie hatte die Flasche schon abgestellt und »Scheiße, scheiße, scheiße!« gesagt, einen Glitzi-Schwamm geholt und das Holz abgetupft. Es dauerte eine Weile, bis auch die beiden Tabaktüten, die Feuerzeuge und der Aschenbecher trocken waren und bis Merle ihre Fassung wieder erlangt hatte. Sie hatten sich endlich zugeprostet, und das Licht zweier Kerzen umfloss feierlich Merles Gesicht. Einen Fuß hatte sie auf ihren Stuhl gestellt, sie umarmte ihr angewinkeltes Knie, und sie sprach wieder so besonnen, dass Markus zugleich verliebt und verlegen wurde. Sie erzählte, wie lächerlich ihr Karls Verhalten manchmal vorgekommen sei. Sein Freund Dösi, ja, das sei der, den Markus Freitagnacht in der »Peripherie« gesehen hatte, habe sie am Freitagnachmittag geradewegs aus Duisburg kommend, direkt besucht, ohne vorher Karl, dessen Gast er eigentlich war, zuerst aufzusuchen. Karl wiederum habe dann bei Merle angerufen, die ihm lachend erzählt habe, dass sich Dösi bereits seit Stunden bei ihr aufhalte. Diese Information habe dann einen Eifersuchts- und Tobsuchtsanfall bei Karl verursacht, welcher ihr ernsthaft unterstellt habe, diese Stunden hätten in Merles Bett stattgefunden. Kopfschüttelnd lachte Merle, um zu zeigen, mit was für einem Idioten, (sie benutzte das Wort) sie ein halbes Jahr lang zusammen gewesen war. Dass Karls Freund Dösi sich tatsächlich schon einmal auf eine zur Verwechslung ähnliche Art eine frühere Freundin von Karl für ein erotisches Intermezzo ausgeliehen hatte, sei zwar wahr gewesen, aber es sei doch schlechterdings eine Beleidigung, wenn er ihr, Merle, nach allem eine derartige Geschmacklosigkeit unterstellen wollte.

»Na, eben«, hörte sich Markus murmeln. Er dachte an den Mann mit den im Nachhinein deutlich zu obszönen, langen Koteletten, an Merles quasi ins Frivole spielende Art in der »Peripherie«, und an Karl, für den er auf einmal ein neues, anderes Verständnis empfand.

»Was hast du eigentlich für ein Verhältnis zu diesem Dösi?« Und dann begann Merle einen akribisch genauen Exkurs über ihre Bekanntschaft mit Dösi, darüber, dass sie ihn durch Karl kennengelernt hatte, dass sie und Karl schon einmal versucht hätten, ihn mit einer ihrer Freundinnen zu 'verkuppeln, ein Fehlschlag, und dass es eine völlig neue Entwicklung sei, dass Dösi sich näher für sie interessiere, dass dies das erste Mal gewesen sei, dass sich beide über einen längeren Zeitraum unterhalten hätten, und dass er sehr nett sei. Ja, sie finde ihn sehr nett und sie hätten sich gut unterhalten – aber mehr eben auch nicht.

Markus stellte sich nun vor, wie Dösi auf seinem Stuhl, an seiner Stelle, Merle gegenübersaß, wie Merle ihre Kerzen für Dösi angezündet hatte, wie Merle für Dösi romantisch lächelte, ja, wie sie auch für Dösi eine ihrer stets verfügbaren Sektflaschen aus dem Kühlschrank entnommen haben musste, wie Merle auch ihm, diesem Kerl, zeigte, wie sympathisch er ihr war und ihm zuprostete und sich gut mit ihm unterhielt. Dass Karl das gleiche auch über ihn gedacht haben musste, kam ihm kaum in den Sinn, aber war er nun quasi nachgerückt und gab es jetzt schon einen neuen Debütanten, der nun auch ihn, kaum wähnte er sich als der Wichtigste, auf Platz Zwei verwies?

»Offen gestanden, verstehe ich Karls Misstrauen aber doch, nach allem, was du mit mir angestellt hast.« »Aber Markus! Ich war Karl doch die ganze Zeit treu, und dass du mir viel mehr bedeutest, das weiß Karl doch auch, er hätte es wenigstens wissen können!«

Das klang ehrlich!

»Und du meinst, Dösi findet dich auch nur ›nett‹?« – »Er hat mir jedenfalls gesagt, dass er mich gern mag und ich hab' ihm gesagt, dass ich ihn gern mag, und zum Abschied hat er mir nur die Hand auf die Schulter gelegt und so gemacht:« Merle wischte sich mit ihrer Rechten kurz über die linke Schulter, aber diese harmlose Vorführung bewirkte das Gegenteil dessen, was Merle mit ihr hatte bewirken wollen, denn Markus' Zweifel hatte Anker geworfen, würde vorerst nicht zu vertreiben sein, war auch nicht weggewischt worden mit dem imaginären Fussel, den vielleicht damals Dösi, den diesmal Merle von ihrer Schulter gewischt hatte.

Er begann sich unwohl zu fühlen, und sein Argwohn war ihm peinlich. »Du weißt ja, dass ich schnell eifersüchtig werde und ich muss gestehen, dass ich es jetzt auch ein bisschen bin.« Betreten sah Markus zu Boden.

»Dazu hast du ja überhaupt keinen Grund! Ich habe Karl
wegen dir verlassen, und so was tu ich nicht mal nur so
eben!« Es war Merles gelungenste Intonation des bisherigen Abends, und ihr Blick war rein und schön unter
ihrem Pony und über ihrer Nase (deren Krümmung ihn
einen Moment lang an die Nase von Karl erinnerte). Nun
sprang Markus auf, er schlängelte sich schnell um den
Tisch herum, was den Hund verstört aufspringen und
bellen ließ, eilte mit seinen ausgestreckten Armen auf
Merle zu, die ihr noch immer angewinkeltes Knie gerade so nach unten strecken und seiner stürmischen Umarmung entziehen konnte, eine Bewegung, die sie zu Fall
gebracht hätte, wenn er nicht augenblicklich ihre Schultern umschlossen hätte, dabei seine Nase in ihr weiches
Ohr versenkend. So stand er längere Zeit, über die Sit-
zende halb gebeugt, verkeilt in ihrem Arm, bis ein Ziehen
in der Kreuzgegend begann, seine Verzückung zu relati-
vieren. Er setzte ein paar Küsse auf Merles feste, schma-
le Lippen, und als dann ihre Münder sich öffneten und
ihre Zunge begann, sich mit der seinigen zu beschäfti-
gen, stand auch sie langsam auf. Auch jetzt galt es immer noch, fünfzehn Zentimeter Lippenhöhe auszuglei-
chen, gewiss kam ihm Merle bei der Hälfte des Weges entgegen, nur sind erotisches Schwelgen und zugleich frei-
händig verübte Nacken- und Rumpfbeugungen auf längere Sicht ein ungleiches Geschwisterpaar, welches um
Entspannung der einen zugunsten der Anspannung anderer Leibesregionen ringt, und so zog Markus Merle in
einem Ausfallschritt rückwärts mit sich, verspürte mit
Erleichterung Kiefernholz am schlanken Gesäß, ließ sich
langsam auf die Tischecke nieder, bemerkte nicht Mer-

les zunächst wortlos alarmierenden Blick, als schon die Platte über den Bock kippte, die andere Hälfte sich erstaunlich schnell in die Luft erhob, und Merle ihn mit einem Ruck vom Holz schubste. Mit einem RUMMS fiel die Platte in ihre Ausgangsposition zurück, nachdem sie alles, was sich vorher in der Senkrechten befand, in die Waagerechte befördert hatte. Wieder schwamm der Tisch im Sekt, wieder musste eine nervöse weiße Hand mit dem Glitzi-Schwamm die Maserung entwässern, und nur mit Geduld konnten die knisternden Kerzen wieder zum Leuchten gebracht werden.

Der Sekt war damit alle. Bier war noch vorhanden. Der Gefahr erotischer Aktivitäten setzte man sich zunächst nicht mehr aus, aber Markus durfte nun, um eine Musik auszuwählen, in die Abteilung, die offenbar weniger offiziellen Anlässen vorbehalten war. Im Bereich hinter dem großen Holzregal gab es keinen Stuhl mehr; hier wurde nicht mehr gesessen, sondern ausschließlich gelegen oder gehockt. Hier standen ein riesiges Fernsehgerät, eine Stereoanlage mit Platten und Kassetten und das in seiner Kapazität einigem gewachsene Bett, genauer gesagt, lediglich eine dunkelblau bespannte Matratze, mit weiß bespannten Kissen und einem weiß bespannten Federbett, viel zu breit für eine Person, viel versprechend für zwei. Aber Markus fand in Merles Sammlung keine Platte, die er gerne gehört hätte: ein mittlerer Schock. Er suchte und suchte und fand dann einen Kompromiss, eine Band, die zumindest zehn Jahre zuvor noch kompromisslose Musik gemacht hatte, aber hier nur noch angepasste Seichtigkeit präsentierte.

Es gab bei ihr keine Musik, die fähig und willens war,

eine belebende Unordnung anzurichten, marginale Determinanten auszuschalten, um an das Wesentliche, also an die pure Lebensenergie selbst zu rühren, welche wild und leidenschaftlich unter dem heuchlerischen Konsens der Konformität pulsiert und selbige korrodieren lässt. Reibung, und das wurde ihm schlagartig klar, Reibung und Unordnung, kreatives Chaos, Markus' Ursprünglichkeit also, aus der das ganze Leben erwächst und sich aus sich selbst legitimiert, dies alles stand bei Merle nicht im Plattenregal. Und es fand auch keinen Platz in den akribisch verhangenen Fenstern, nicht im rührend ordentlichen Kochnischenregal, nicht in den romantisch vor sich hin funzelnden Kerzenständern, nicht in den zwanzig Kubikmetern Kiefernholz von IKEA. Und auch in Merles kontrolliert-geordnetem, gelegentlich ironisch-distanziertem Gebaren nicht.

»Ich habe jetzt übrigens Karl gesagt, dass ich in dich verliebt bin. Ich finde, dass ich ihm das schuldig war.« Merle entfernte die marokkanischen Decken von den Fenstern, zog die Gardinen zur Seite, öffnete die vier Doppelflügel, ließ endlich die feuchte Luft von der fast leeren vierspurigen Straße ins Zimmer und verschwand durch die Tür. Markus stand am Fenster. Es hatte geregnet. Der Asphalt glänzte im Licht der Straßenlaternen, die Luft war kühl und frisch und ein leichter Wind blies in den Raum. Die Tür knarrte wieder, Merle legte ihm von hinten die Arme um die Brust: »Lass uns ins Bett gehen!«. Mit der gleichen Sorgfalt wie beim Öffnen, verschloss sie die Fenster wieder, drapierte die Decken davor, knipste sie das Deckenlicht aus und verschwand in dem bisher inoffiziellen Bereich, der ab sofort für Markus zu einem offiziellen geworden war.

Als er sich fast aller seiner Kleider entledigt hatte, erwartete sie ihn mit einem huldvollen Lächeln und ihrem weißen Leib unter der Decke, als habe er den ersten Preis in einer Schönheitskonkurrenz gewonnen. Aus Initiative war nun Hingabe geworden. In ihrem Bett war Merle ab sofort passiv, Objekt, Frauenkörper, dem Manne ein Geschenk. Ein wenig befangen betastete er seine Trophäe, die glatt wie Porzellan und weich wie Magermilchjogurt einladend im Halbdunkel schimmerte. Eine Einladung, der er ob ihrer Art der Präsentation reserviert, aber ihres Gehaltes wegen motiviert Folge leistete.

SIEBZEHN

Als er erwachte, war es bereits hell. Ein Blick auf den Wecker zeigte, dass er kaum zwei Stunden geschlafen hatte. Er lag nackt neben der nackten Merle unter einer breiten Decke auf ihrer breiten, blau bespannten Matratze. Merle schlief tief und lautlos.

Für einen Moment war Markus enttäuscht, weil sie nicht gleichzeitig mit ihm aufgewacht war. Hinter den Vorhängen hörte er den Berufsverkehr und die Luft im Zimmer war wieder verbraucht. Als könnte er Merle dadurch wecken, starrte er sie eine Weile an. Aber Merle wachte nicht auf.

Markus war aufgestanden, hatte sich leise Unterhose, T-Shirt, Socken, Pullover und Hose angezogen, die Schuhe in der Hand, die Jacke übergeworfen, war am Hund vorbei durch die Zimmertür geschlichen, hatte sich im Flur die Schuhe zugebunden, war die Stufen hinunter und durch die Haustür gegangen, war auf sein Fahrrad gestiegen, war losgefahren, hatte es den steilen Teil des Berges geschoben, war weiter gefahren, vorbei an anderen Frühaufstehern, die ihm entgegen kamen, hatte sein Rad in den Schuppen gestellt, abgeschlossen, die Haustür aufgeschlossen, war den weiten Weg über den Flur zu seinem Zimmer gegangen, hatte aufgeschlossen, hatte von innen die Tür ins Schloss fallen lassen, hatte sich ausgezogen und hingelegt, war noch einmal aufgestanden und nahm dann sein Telefon, stellte es leise, trug es ins Bad und versenkte es unter seiner Schmutzwäsche im Wäscheimer. Er stülpte den Deckel darauf, ging zurück zum Bett, legte sich hinein und schloss die Augen.